LE TABOURET ORANGE

Madeline Cloux-Jousson

LE TABOURET ORANGE

Récit

ÉDITIONS DE L'AIRE

DU MÊME AUTEUR

Incidents de parcours, Nouvelles, L'Aire, Lausanne, 1988.
De miel et de sang, son île, roman, L'Aire, Lausanne, 1989.

15, rue de l'Union
CH 1800 Vevey

Je devais écrire ce livre. Il était tout entier dans ma tête depuis des années.

Dur, cruel, sans concession. Parfois dégoûtant. Souvent dérangeant. Oui, depuis des années il mûrissait dans ma tête. Envahissant mes pensées le jour et mes rêves la nuit. Je devais l'expulser, comme un noyau obstruant la gorge.

Il ne dit pas la vérité. La vérité, c'est beaucoup plus compliqué que ça. Il est pourtant au plus près de ma vérité.

Il est le récit subjectif d'un vécu très lourd que j'ai déposé là, sur le papier. Tout n'y est pas vrai. Une grande partie est vraie.

> « Être témoin est aussi important, sinon plus, que d'avoir vécu soi-même toutes ces choses. »
>
> Alvaro Mutis, « La neige de l'amiral »

Assise à la cuisine, je mange un yaourt et prends de toutes petites cuillerées pour le prolonger. Glika joue avec un bouchon de liège qui se balance au bout d'une ficelle passant dans l'orifice du tabouret de bois orange hérité à la mort de ma mère.

Elle est toute neuve, Glika. Six mois à peine. Elle n'est là que depuis quelques semaines. Et je l'observe, attendrie.

Soudain, une émotion aussi violente qu'imprévue fait basculer le temps. L'Isle, le village où j'ai passé toute mon enfance, avec son château et son beau plan d'eau. La ferme, à la façade tapissée de tuiles rouges dont certaines manquent par endroits, niches toutes trouvées pour les oiseaux. La vieille cuisine, avec sa large porte vitrée qui donne directement sur le jardin et au premier plan, le lilas chagrin un peu rabougri.

Une fillette à longues tresses brunes et épaisses assise sur le tabouret orange. La chatte, sa chatte Minouche, qui s'amuse avec un bouchon. Entre elles, des liens très serrés. De temps à autre, la fillette glisse furtivement un doigt dans le trou rond, gratouille le bois du bout de l'ongle, le retire à toute vitesse, et bientôt une patoche griffue lui chatouille les fesses. Rires. Caresses. Tendresse.

Sécurité.

Dans le fourneau de fonte noir, le feu chantonne discrètement.

*

A quoi servent les larmes si ce n'est à arroser le passé ?

Le passé, cette plante aux racines profondes impossibles à extirper, et dont les surgeons montent en graines avec les années, envahissant la mémoire d'asphodèles aux tiges nues de plus en plus nombreuses. De plus en plus étouffantes. Occupant peu à peu, si l'on n'y prend garde, toute la place du présent. Et même, au pire, celle de l'avenir.

La pluie, après des mois de sécheresse et un long silence, dense et prégnant, un silence annonçant l'orage. La pluie, enfin, qui rafraîchit l'atmosphère et détend les nerfs. La pluie qui cependant jamais ne fait renaître les fleurs fanées. L'orage n'est pas pour aujourd'hui, les nuages crèvent sans bruit. Les larmes coulent dans le yaourt. Tout tranquillement. Presque paisiblement.

Dehors le jour tombe. Les maisons s'assombrissent. Le trafic diminue dans l'avenue. Çà et là, les lumières commencent à briller. Un bien-être étrangement chaud et confortable envahit la cuisine. Comme celui que l'on ressent au retour d'une longue promenade dans l'air glacé.

Maintenant Glika se frotte contre mes jambes en miaulant plaintivement. Elle a faim. Sa queue dressée en point d'interrogation frétille. Je mets la radio et me lève pour lui préparer son morceau de cœur de bœuf.

Aujourd'hui, voilà exactement sept ans que maman est morte.

Avec elle est morte aussi la maison de mon enfance, à L'Isle.

Me reste le vieux tabouret orange.

*

Dans la cuisine. Je fais mes devoirs. L'ampoule suspendue au plafond laisse tomber sa lumière droit sur la table. A côté de mon cahier de vocabulaire, sur la toile cirée usée à force d'avoir été tant et tant nettoyée au fil des jours, au fil des années, quelques miettes de pain attirent sans cesse mon attention. Pour en finir avec elles, je les écrase une à une du bout de l'index puis, tout en épelant mes mots, je les glisse dans la fente qu'un beau jour un couteau maladroit a creusée.

L-i-s-i-è-r-e, accent grave devant une syllabe muette. Pourquoi muette ? Que ça doit être triste de ne pas pouvoir parler ! Pauvre syllabe, quel est le sadique qui t'a arraché les cordes vocales, comme ça, rien que pour avoir le droit de placer un accent grave sur le *e* de celle qui te précède ? Un accent grave, comme celui du pasteur le dimanche, au culte de jeunesse. Qu'il est beau dans sa longue robe noire. Moi, je l'aime bien, le pasteur. C'est décidé, quand je serai grande, je serai missionnaire. J'apprendrai à lire aux petits nègres, et je leur apprendrai aussi à mettre des accents graves sur les *e* précédant ces misérables syllabes qui n'ont plus de voix pour chanter.

Tra-la-la-lon-lé-reux, il était un petit navi-reux, il était un petit navi-reux, qui n'avait ja-ja-jamais navigué, qui n'avait ja-ja...

– T'as bientôt terminé tes leçons ? La pièce va commencer dans dix minutes et je ne pourrai plus t'interroger si tu traînasses de la sorte !

J'aime ce moment pendant lequel ma mère m'interroge. Peut-être le seul où je l'ai entièrement à moi, excepté celui du matin, quand elle démêle et tresse mes longs cheveux. Je range mes cahiers dans la serviette reçue pour Noël et dont je suis si fière – le sac à dos c'était bon pour les petits – et j'entre en trombe dans la salle de séjour. J'ouvre à nouveau la serviette et savoure l'odeur sensuelle de vieux cuir qui s'en dégage en plongeant mon nez dedans.

– Voilà ! je les sais mes mots !

Ma mère pose ses raccommodages sur la commode aux pieds torsadés rongés par les cirons, pousse un soupir, prend le cahier. Elle lit lentement, avec un arrêt entre chaque mot, le regard fixé sur moi, toute attente. Moi, j'épelle à toute vitesse : l-i-s-i-é-r-e

– Comment ? Et la règle des accents ? Depuis le temps que je te la serine ! (En fait, elle ne dit pas « serine », elle dit « signoule », qui a un sens plus fort et péjoratif.) Tu fais exprès ou bien tu...

– Je fais exprès, j'ai pitié de cette syllabe muette, je lui rends sa voix parce...

– Ma pauvre, tu « barjaques » de plus en plus, on devrait te faire soigner la tête ! Allez, dépêche-toi ! La pièce va commencer et tu sais bien que j'ai horreur de manquer le début ! Alors, « lisière », épelle-le encore une fois... Mon dieu, cette fille est folle, et elle me fait perdre mon temps, je n'ai pas que ça à faire, moi ! Allez, vas-y ! Attention à l'accent grave cette fois !

J'ennuie ma mère. Je ne suis pas une bonne fille, souvent j'aime l'agacer. Elle m'énerve avec ses sempiternels raccommodages. Mais, dans le fond, je sais très bien qu'elle aussi aime ce moment privilégié que nous partageons chaque soir toutes les deux, car c'est toujours elle qui insiste pour m'interroger. Je pense que ça la repose et, surtout, la change de ses mornes chaussettes d'hommes, grises ou brunes, pleines de trous à combler et de talons à ravauder, maille à maille, patiemment.

J'épelle les mots de plus en plus vite. Je m'emmêle dans les syllabes. Je recommence. Ouf ! c'est fini !

– Bon ! ça va, tu peux ranger, j'espère que tu feras une bonne note. N'oublie pas de les répéter demain matin avant de partir pour l'école !

Moi non plus je ne veux pas rater le début de la pièce, même si je n'ai pas le droit d'écouter jusqu'au bout. Elle me racontera la suite demain. Ou alors, elle me dira :

– Ce n'était pas pour toi, heureusement que je t'ai tenu tête pour que tu ailles au lit, c'était le fin moment.

– Le fin moment de quoi ?

– Ne fais pas l'idiote, tu sais très bien qu'il y a des choses qui ne sont pas pour les enfants ! Quand tu seras grande et que tu auras, je l'espère, un peu plus de discernement... Elles nous viennent la plupart du temps de Paris, ces pièces. Là-bas, ils ne vivent pas comme chez nous. Ils ont perdu le respect du mariage, de la famille, et même de la religion. Les hommes vont souvent à gauche pour grappiller des filles pas convenables. Méfie-toi des hommes mariés, ma petite, méfie-toi d'eux comme de la peste.

– Pourquoi tu écoutes alors ?

– C'est drôle... et c'est bien joué. Ce sont de vrais comédiens. De grands acteurs. Comme ton père aurait pu l'être si...

– Et tu crois qu'il aurait joué ces choses pas convenables, lui ?

– Oh ! comme je le connais, oui sûrement ! Mais tu sais, ce n'est que du théâtre et...

– Et quoi ?

– Rien. Ce n'est pas tout, avec ça il faut que je finisse de préparer ma soupe, ton père va arriver d'un moment à l'autre. Laisse-moi donc travailler tranquille et mets plutôt la table.

– Moi, quand je serai grande, je n'aurai pas du tout envie d'être convenable. D'ailleurs, j'irai vivre à Paris, parce que là-bas, je serai libre et je...

– Ça ne m'étonnerait pas du tout de toi, avec ta manie de la provocation. Oh ! et puis tais-toi, tu ne sais pas ce que tu dis, ni de quoi tu parles.

– Mais tu...

– Je ne t'écoute plus. Allez ! dépêche-toi ! Et pose les assiettes doucement, elles sont déjà assez ébréchées comme ça !

Avant le repas de midi, ce n'était pas vraiment l'instant propice pour lui demander de me raconter la fin de la pièce. Ma mère était toujours un peu énervée à ce moment-là ; mon père détestait attendre. Il avait tant de travail avec son train de campagne et sa place de syndic, sans compter les nombreuses sociétés du village dont il faisait partie.

*

Un beau jour, tout d'un coup je fus grande ; une adolescente réticente qui refusait d'entrer dans le monde des adultes. Et mon père et ma mère me parurent vieux. Et surtout vieux jeu.

Qu'est-ce que ça veut dire en fait « pas convenable » ? Cette expression si souvent entendue au long de mon enfance ; ma grand-mère, mes tantes, ma mère, les innombrables cousines de ma mère, les voisines, surtout celle que j'appelais « La Gazette du village » : toutes les femmes avaient ce mot à la bouche. Pas convenable pour une fille de grimper aux arbres. Pas convenable pour une fille de jouer sans cesse avec les garçons. Pas convenable pour une fille d'aller sur les toits des maisons. Pas convenable de se glisser dans la paille. Pas convenable de se baigner dans la Venoge en petites culottes. Pas convenable. Pas convenable...

C'était de la malchance, car moi justement j'aimais toutes ces choses pas convenables. Et plus tard, adolescente, j'aimais les histoires et les gens « pas convenables ». Leur vie m'attirait et me semblait beaucoup plus passionnante que celle de mes parents qui, eux, me donnaient l'impression de vivoter, au lieu de vivre. Vivre vraiment. La grande vie. La belle vie. Celle que l'on peut mener à Paris, et qui ne doit rien avoir à faire avec celle que vivent les habitants d'un petit village au pied du Jura, si beau soit-il.

Puis j'entrai dans le monde des études.

Puis dans celui des adultes.

Puis mon père devint handicapé par l'arthrose. Il fut opéré des deux hanches. A la suite de quoi il tomba malade. Gravement. Il ne voulut plus vivre. Il mourut. Très vite. A cinquante-neuf ans. C'est alors que je me mis à l'aimer. Vraiment. Sa vie me devint belle et grande.

Ma mère, elle, ne supporta pas son absence. Elle commença à décliner. Ce fut le compte à rebours. Lent. Très lent. Les rôles s'inversèrent. Elle devint peu à peu mon enfant. Puis mon bébé. Puis plus rien, à peine un légume.

Elle mit une dizaine d'années à mourir. Une longue agonie qui est la chair de ce récit, le noyau qui ne pouvait pas sortir de ma gorge, qui m'a étouffée pendant des années.

Entre-temps, mon frère aîné est mort. Sinistrement. Son noyau à lui l'a étouffé. Il s'était développé démesurément. Il avait envahi tout son corps. Très vite. Moins de deux ans après qu'il se soit manifesté, donnant naissance à de nombreux noyaux. Finalement, il n'était plus que noyaux grisâtres sur une peau jaune. A l'intérieur comme à l'extérieur. Quand on n'a plus de gorge, comment expulser ?

Exactement une année plus tard, le fils de mon frère s'est jeté sous un train. Il faut dire que son père travaillait dans les chemins de fer.

Quand on voit cela, comment le dire ? Et quand on vit cela, comment l'écrire ?

*

Les étoiles. C'était très important pour ma mère, les étoiles. Pas un soir où elle ne montait se coucher sans être allée auparavant dans le jardin examiner le ciel. Souvent elle m'appelait, pour que je partage son plaisir et ses découvertes. Parfois, ça m'énervait. Surtout lorsque j'étais en train de lire ou d'écouter la radio.

– Viens ! Viens vite j'te dis ! Il se passe quelque chose de curieux. Là, à côté de la Grande Ourse, tu vois cette étoile comme elle brille, elle brille beaucoup plus que d'habitude. Je me demande ce que ça veut dire ?... Oh ! une étoile filante, faisons vite un vœu !

A force d'écouter le ciel, elle n'était pas loin de croire aux ovnis, et à tous les discours sur l'invisible que tiennent les médiums. Surtout après la disparition de mon père. Moi, je me moquais gentiment d'elle. Jusqu'au jour où, après sa mort, je découvris dans le tiroir de sa table de nuit, à L'Isle, deux paquets de lettres soigneusement conservées dans des boîtes à chocolat. Dans l'une, entourées d'un ruban bleu, toutes celles que mon père lui avait envoyées en Suisse allemande, lorsqu'à dix-neuf ans elle fit un long séjour dans une famille lucernoise pour garder une petite fille, et par la même occasion apprendre l'allemand. Dans l'autre, entourées d'un ruban rose, toutes celles qu'elle lui avait écrites.

Précieux trésor qui me fit rétrospectivement connaître un peu mieux mes parents. A l'époque, ils n'étaient pas encore mariés, mais s'aimaient déjà depuis l'âge de seize ans. C'est ainsi que j'appris qu'avant de se quitter ils avaient convenu d'une étoile. Leur étoile. Et dans pratiquement chacune des lettres, il y était fait une allusion. Très romantique. Un bel amour. Un grand amour.

« Notre étoile n'était pas au rendez-vous ce soir, ma chérie, j'espère que tu n'es pas malade. Je suis rentré et me suis couché tout triste... »

Ou bien :

« Elle brillait magnifiquement cette nuit, et longtemps j'ai été près de toi en l'admirant. Dans mon lit encore, je recevais tes baisers, mon amour... »

Maintenant, souvent je sors admirer les étoiles avant d'aller au lit. Je n'envoie pas de message. Mais j'ai en quelque sorte « repris leur ciel ».

« Mon bel amour, mon cher amour, ma déchirure,
Je te porte dans moi comme un oiseau blessé.
Et ceux-là sans savoir nous regardent passer...
Il n'y a pas d'amour heureux. »

Combien de temps dura-t-il, leur grand amour ? Je ne saurais le dire. Je n'en connus que des bribes. Brillantes comme des météorites. Je sais qu'ils s'aimèrent pendant sept ans avant de se marier. Puis vint la vie commune avec les beaux-parents. Difficile. Puis les soucis. Manque de place et manque d'argent. Puis vinrent trois enfants. Avec le temps, la vie se charge d'éteindre même les étoiles, cependant le noyau central jamais ne se désintégra. Ma mère, elle, malgré ses désillusions et son amertume, n'oublia jamais la sienne, et une braise jusqu'à la fin de sa vie en son cœur brûla.

Et souvent, elle me racontait. De la naissance à la mort : un beau roman d'amour. Merveilleusement triste, comme un bouquet de roses fanées sur la corniche d'une cheminée murée, ou encore comme le petit sac en dentelle blanche qu'elle portait le jour de son mariage. Aujourd'hui qu'il est devenu flasque et jaunâtre, je le conserve avec une mélancolie stérile dans mon armoire de chambre à coucher.

Et souvent, elle me disait : « Personne ne pourra aimer quelqu'un comme j'ai aimé ton père, personne. »

*

Après la mort de papa, je passais toutes les fins de semaine à L'Isle. Une chape de deuil pesait désormais sur la maison. A table, à côté de la radio, il y avait ce vide que nous n'osions combler. Au séjour, sur le divan, il y avait ce fantôme aux joues creuses que je voyais sans cesse. Le soir, de mon lit, j'entendais son pas clopinant dans le couloir, et sa voix : Il est tard, Joséphine, il faudra bientôt éteindre.

Je détestais aller au cimetière, et ma mère, elle, attendait ma venue pour y aller. Et j'étais alors forcée de voir ce que je refusais, là, sous la terre, cette chair qui pourrissait.

Maman pleurait souvent. Elle s'enfermait de plus en plus dans un mutisme lourd de sens que je ne supportais pas. Son chagrin augmentait le mien. Je le lui reprochais, parfois méchamment.

La journée, avec le ménage, le jardin et les courses, il y avait toujours de quoi s'occuper. Mais les soirées étaient longues. Nous regardions la télévision. Ma mère installée dans son fauteuil Louis XV ne faisait plus rien, ne disait plus grand-chose, soupirait beaucoup. Un fossé empli de phrases non dites, trop lourdes à dire, s'était installé entre nous.

Pendant ces mornes heures, j'ai crocheté quatre cent cinquante carrés de laine pour en faire un dessus-de-lit. Ce fut, et ce sera probablement, le seul ouvrage important fait de mes mains.

Ma mère se mit à veiller de plus en plus tard. Ce lit vide à côté du sien lui était une vue insoutenable. C'est moi, maintenant, qui insistait pour qu'elle monte se coucher.

La télévision, ah ! la télévision ! A cause du Jura qui empêchait la bonne réception des ondes, nous n'avions qu'une chaîne. Nous regardions toutes les émissions sans exception. Ça me rendait folle. J'aurais aimé de temps à autre pouvoir lire ou converser. Mais ma mère se droguait de télévision. Elle exigea même que l'on s'installât au séjour pour souper et elle allumait le poste avant de commencer à manger. Ce n'est que lorsque la neige s'installait sur l'écran, aux alentours de minuit, qu'elle se décidait à se lever. Je tentai une fois ou deux, lorsqu'une émission m'ennuyait vraiment trop, d'aller lire dans ma chambre ; elle me reprocha amèrement de la laisser seule. Alors je m'abrutissais devant le petit écran tout en crochetant, crochetant compulsivement.

Avant de monter dans nos chambres, nous buvions une tisane à la cuisine. Ma mère pleurait dans la sienne. Pour moi qui avais, à tort je le reconnais à présent, toujours retenu mes larmes devant les autres, le fait d'être placée face à une douleur que je souhaitais fuir à tout prix m'agaçait.

J'aurais dû la consoler. Je ne savais pas comment m'y prendre.

*

Quelque temps plus tard, elle commença à se plaindre de ses mains qui, disait-elle, la faisaient souffrir. Un beau jour, elle m'appela à la cuisine. Elle ne parvenait pas à ouvrir le robinet de l'évier et me reprocha de trop le serrer. Je fis attention. Mais les jours suivants les reproches se multiplièrent. Je commençai à m'énerver contre elle car la plupart du temps les reproches qu'elle me faisait n'étaient pas mérités ; je ne serrais pas le robinet plus que d'ordinaire.

Après le robinet de la cuisine, ce fut celui de la salle de bains, puis celui des toilettes. Il fallut me rendre à l'évidence : ses mains n'arrivaient plus à faire ce simple geste de rotation. Et elles lui faisaient de plus en plus mal, gonflaient, perdaient leurs forces.

C'était à peine si ma mère pouvait maintenant soulever les casseroles. Je lui en achetai une plus petite. Elle dut très vite s'y prendre à deux mains pour la soulever lorsqu'elle était pleine.

Elle devint très maladroite, lâchant souvent des objets. Moi, je refusais de la croire tout à fait. Je n'étais pas loin de penser qu'elle le faisait exprès, pour que je m'occupe davantage d'elle. Pour que j'aille habiter avec elle. Ce qui était impensable. D'une part, j'étais très indépendante et avais ma vie, mon métier, mon appartement, mes amis à Lausanne. Et d'autre part, je ne supportais qu'avec peine sa présence et ses soupirs continuels. Sa façon de se laisser couler sans lutter, son laisser-aller, ses jérémiades : « Depuis que ton père a disparu, la vie n'a plus de sens pour moi » me hérissaient. Je faisais des efforts désespérés pour me maintenir à la surface, elle s'agrippait à moi et m'entraînait au fond.

Maman n'était plus maman. En disparaissant, papa l'avait emmenée avec lui.

– Regarde mes mains, me disait-elle sans cesse, regarde-les, ne vois-tu pas comme elles ont enflé ?

– Oui, c'est sans doute des rhumatismes, lui répondais-je. Ça passera avec l'arrivée des beaux jours.

Lorsqu'elle se décida à consulter le médecin du village, celui-ci confirma le diagnostic. C'était bel et bien des rhumatismes. Il n'y avait pas grand-chose à faire, si ce n'était prendre son mal en patience. Il lui ordonna des alcacyls contre la douleur et un baume pour la soulager par des massages. Rien de plus que ce qu'elle prenait auparavant.

Chaque soir, elle se massait inlassablement avec sa crème anti-inflammatoire. Cependant, inexorablement ses mains continuèrent de gonfler et se mirent à lui refuser de plus en plus de services.

A la fin de l'hiver, le simple fait de peler les pommes de terre devint pour elle un travail de Titan. Ses doigts avaient peu à peu pris une teinte violette et s'étaient boursouflés. Elle se plaignait de plus en plus souvent de douleurs insupportables. Un jour, je lui dis pour la consoler :

– Tu as peut-être la même maladie que la cousine Micheline. Tu te souviens, elle ne pouvait plus rien faire de ses dix doigts avant de se faire opérer, mais après, tout est rentré dans l'ordre. Tu devrais consulter un spécialiste.

– Je ne veux pas, disait ma mère. Ton père serait sûrement encore en vie, s'il n'avait pas dû subir cette opération. C'est ça qui l'a tué.

– Mais non, et tu le sais bien. Il aurait vécu encore quelques semaines, quelques mois au plus, c'est tout. Déjà il ne pouvait plus manger que des soupes et des bouillies pour bébé. Souviens-toi, il refusait obstinément d'aller chez le médecin. Et quand il s'est décidé, c'était trop tard.

– Oui, et c'est toi qui l'as amené chez ce spécialiste. Et moi je te dis que cette opération l'a tué, puisqu'il est mort trois jours après. Sans cela, il aurait peut-être pu vivre encore longtemps. Regarde notre voisin, il s'en est remis de son cancer. Il a même recommencé à travailler.

– Tu ne peux pas comparer les cas. Et tu sais très bien que papa a attendu trop longtemps pour se faire soigner. Souviens-toi, il ne mangeait presque plus rien les derniers mois. Il disparaissait des journées entières dans la forêt. On croyait qu'il était dépressif, alors qu'il se mourait. L'opération était l'ultime chance de le prolonger un peu. Et dans le fond, heureusement qu'il est mort si vite, car on n'aurait pas supporté de le voir végéter, plein de tuyaux pour le maintenir artificiellement en vie. Le prix à payer aurait été trop cher. Et je...

– Mais je ne l'aurais au moins pas perdu si abruptement. J'aurais eu le temps d'accepter et surtout de l'aider, de le soigner. Ah mon Dieu ! Pourquoi nous avoir tout caché ? Pourquoi ne nous a-t-il rien dit ? Ce n'est pas juste. Pas juste.

Jamais je n'ai osé lui dire que c'était lui qui avait voulu mourir, et qu'il avait arraché lui-même tous ses tuyaux.

Je me sentais responsable de la mort de mon père. Dans sa douleur et son refus, ma mère m'accusait. Peut-être était-elle un peu jalouse. Pendant sa maladie papa s'était beaucoup rapproché de moi ; il s'était mis à me gâter, m'avait offert une montre, des vêtements. Et ma mère m'avait dit un jour avec rancœur : « Ce n'est pas à moi qu'il offrirait des choses pareilles ! »

Après la visite chez le spécialiste, il m'avait fait lui

promettre de ne rien dire à ma mère, pour l'épargner. Et il était vrai qu'elle avait été placée brutalement devant l'atroce réalité.

*

Le piano n'a pas été accordé cette année, ni l'année dernière ; en fait, depuis la mort de mon père.

Il joue un peu faux, il a toujours joué un peu faux ce piano qui appartenait déjà à la mère de ma mère. Sa sonorité me faisait penser à un piano de bar.

L'accordeur, lors de son dernier passage, l'avait baissé de trois tons, par crainte de faire sauter les cordes usées en insistant. De plus, la caisse d'harmonie avait une fêlure irréparable. Mais toutes ces imperfections lui donnaient un charme, une âme propre indéfinissable.

Depuis quelques minutes, j'entends jouer dans le salon. Les notes me parviennent hésitantes, comme si elles refusaient de sortir de leur cage noire lustrée. La mélodie ne tient pas le rythme. Elle s'arrête, reprend, s'arrête encore, puis continue. On dirait un enfant qui apprend. Les accords viennent en retard. Cette musique dissonnante et désarticulée me hérisse et me donne la chair de poule.

Soudain, un sursaut. Une plainte assourdie et prolongée envahit la chambre. Suivie d'un accord plaqué avec puissance, avec rage même, comme une gifle que recevrait le clavier tout entier. Puis c'est le silence. Un silence effrayant. Si effrayant que mieux valait somme toute la musique, même mauvaise. Même désarticulée.

En entrant, je ne vois que son dos. Le haut du corps est penché sur le piano, la tête et les mains couchées sur les touches. Les épaules tressautent bizarrement.

Je n'ose faire un pas de plus et reste près de la porte. Figée. Interloquée. Nouée. Puis je l'interpelle, maladroitement :

– Mais... qu'est-ce qui te prend ?

Silence. Entrecoupé d'un étrange bruit de fond.

– Maman, qu'est-ce que tu as ? Qu'est-ce qu'il se passe ?

Une voix méconnaissable finalement me répond, entre deux sanglots :

– C'est fini. Fini. Je ne pourrai plus jamais jouer. Mes doigts ne m'obéissent plus... Plus jamais. Regarde mes mains. Regarde mes mains !

Je ne pouvais pas regarder. Je ne voulais pas regarder.

J'aurais dû la prendre dans mes bras. Ou au moins la consoler avec des mots. Je n'osais pas. Je ne pouvais pas. Dans la famille on n'était pas habitué aux gestes de tendresse. Je n'étais que refus et violence contenue devant la réalité. Tout ce que je trouvai à dire fut :

– Calme-toi, voyons, calme-toi ! Et s'il te plaît, arrête de dire des bêtises. Tu rejoueras, ça c'est sûr que tu pourras rejouer. Seulement il faut le vouloir. Il n'y a qu'à vouloir. Il n'y a qu'à...

Je n'ai pas encore pris l'habitude de la voir pleurer. Cela m'agresse et m'indispose fortement. Une mère, c'est fait pour consoler, et non le contraire... Ses mains gonflent, d'accord. Elle n'a qu'à les soigner ses mains. Elle n'a qu'à...

*

Nous avons longuement observé les marmottes. Elles étaient tout près de nous, à dix, vingt mètres au plus, dans une combe.

Très haut, au-dessus de la paroi abrupte de la

montagne, une tache sombre en équilibre sur une arête rocheuse, à côté du sommet. « C'est sûrement un chamois », dit ma mère qui a encore une bonne vue, tu le vois ?

– Oui, vaguement.

Puis nous nous sommes remises en marche. Lentement. Très lentement. Beaucoup trop lentement à mon gré. De temps en temps, je la houspille. A ce rythme, nous n'arriverons jamais à l'hôtel avant la nuit. Je la houspille d'autant plus brusquement que je me sens coupable de l'avoir entraînée jusque-là. Qu'est-ce qui m'a pris ?

Elle voulait voir des chamois. Je voulais lui montrer des marmottes en liberté. Nous sommes parties dans le parc national, aux Grisons.

J'ai refusé d'entendre ses timides objections. Mal aux jambes ! Allons donc ! Les varices ça se soigne, il faut obliger le sang à circuler en faisant du mouvement, pas en restant assise continuellement dans un fauteuil ! Les pieds enflent ? C'est à cause de l'immobilité. Il faut bouger un peu, faire de la marche, se secouer que diable !

Je voulais changer ses habitudes ; elle se laissait trop aller depuis la mort de mon père. Il fallait absolument la sortir de son engourdissement progressif. A soixante et un ans, on n'est pas encore vieux. Elle pouvait refaire sa vie et, en s'organisant un peu, la mener fort agréablement. La solitude, ça s'apprivoise. Je voulais l'obliger à lutter. Je voulais.

J'avais organisé ces quelques jours dans le parc national pour lui faire plaisir. Pour la sortir de chez elle et de son chagrin. Et aussi pour lui faire oublier ses mains de plus en plus boursouflées et douloureuses. Eh bien ! c'est raté. Maintenant elle pleure. Ses pieds la font horriblement souffrir. Elle s'assied au bord du chemin. Je la force à se relever. Elle ne peut presque plus avancer. Je me fâche. La nuit va tomber. On ne peut pas se faire piéger par l'obscurité dans la forêt. On va se perdre. Et personne n'est averti de notre promenade à la montagne.

Le sentier serpente dans un sous-bois charmant. Au-dessus de nos têtes, les sommets s'illuminent. C'est splendide. Une longue traînée rose fend le ciel en deux. L'air sent bon les conifères. Depuis un moment déjà, il fait nettement plus frais, et le feuillage s'est assombri. Le sol se couvre de taches foncées mouvantes. Je commence à m'angoisser.

– Lève-toi. Fais un effort. Donne-moi le bras. Appuie-toi sur moi. Un peu de volonté, voyons ! Il n'y a qu'à...

Nous nous remettons en route. Un cauchemar. Ma mère gémit à chaque pas. Et moi, je perds patience. Je lui dis des méchantes choses. Que je n'aurais jamais dû partir avec elle. Qu'elle me gâche mes vacances. Les mots sont à peine prononcés que déjà je les regrette. J'essaie de me rattraper. Elle se met à pleurer.

Au repas du soir, je tentai d'animer la conversation, d'être gentille, pour lui faire oublier mes brusqueries. Ma mère resta morne et triste. La nourriture pourtant bonne, fraîche, appétissante, passait difficilement. Mon entrain sonnait faux. Au dessert, soudain elle me dit :

– Inutile. Ne te fatigue pas. Je ne peux plus marcher. Je veux rentrer chez moi. J'ai cru pouvoir te faire plaisir en t'accompagnant. Mais j'ai mal, j'ai tout le temps mal aux mains, aux pieds, et depuis un moment j'ai les genoux qui fourmillent et gonflent, c'est comme s'il y avait de l'eau dedans. Ramène-moi je t'en prie.

Le lendemain, nous rentrions. Nous avons très

peu parlé dans la voiture pendant le voyage du retour. Je m'efforçais de paraître gaie. J'étais effondrée.

Le surlendemain, je téléphonais à un spécialiste en rhumatologie. Le médecin était surchargé. Nous n'étions pas dans la liste de ses patients. Pas encore. Nous dûmes attendre deux mois. Entre-temps, les genoux de ma mère avaient doublé de volume, elle avait beaucoup de difficulté à s'asseoir et surtout à se relever.

Il fit des quantités d'examens ; il posa de nombreuses questions ; il avait un air assez sombre, qui devint de plus en plus sombre. Le diagnostic tomba comme un couperet : crise aiguë de polyarthrite, maladie des articulations. Possibilité de rémission mais pas de guérison en l'état actuel de la science médicale. Il va tenter de lui faire une cure de sel d'or, traitement qui peut, dans certains cas, stopper l'évolution mais, avertit-il, peut aussi échouer et procurer des effets secondaires non négligeables. Il prendra contact avec le médecin du village pour lui communiquer les résultats des examens et lui indiquer le traitement à suivre. En attendant, calmants plus calmants, c'est tout ce qu'on peut faire.

C'est à peine si nous pûmes descendre les quelques marches d'escalier conduisant à l'ascenseur et parvenir à la voiture parquée un peu plus loin, au fond de la rue.

La semaine suivante, le médecin de L'Isle me téléphona pour me dire qu'il avait commencé la série de piqûres de sel d'or et qu'il désirait me voir au sujet du résultat des examens que venait de lui transmettre le rhumatologue. Nous convînmes du vendredi suivant, en fin de journée.

Après la visite, je l'accompagnai sur le pas de porte de la cuisine. Il me fit signe de sortir dans le jardin. Je me souviens très bien. Nous étions sur le sentier couvert de gravillon, devant le griottier. Contre la façade de tuiles, quelques roses rose pâle souriaient tendrement au soleil qui se couchait derrière le Jura. Extrêmement vaillant, le vieux rosier à tiges grimpantes fleurissait parfois jusqu'à Noël, lorsque l'automne était doux. Si j'écris « fleurissait », c'est qu'il a été arraché depuis. Mais, quand je revois la maison, il y est encore. Il y sera toujours.

Ce fut le coup de merlin. Le gravillon sous mes pieds se mit à bouger. Le docteur en face de moi parlait tout doucement, presque à contrecœur.

– Les examens ont décelé une PCE, c'est-à-dire une polyarthrite chronique évolutive, la pire forme, appelée communément rhumatisme déformant. Il vaut mieux que votre mère ne le sache pas. C'est une maladie contre laquelle la médecine est actuellement impuissante et qui produit une dégénérescence des articulations. L'évolution en est plus ou moins rapide, selon les cas, cependant l'échéance est inéluctable : déformation progressive et douloureuse des membres, qui peut aller jusqu'à la paralysie et la dépendance totale. Les os des pieds sont atteints, ceux des mains aussi, les orteils et les doigts vont peu à peu se recroqueviller, se chevaucher. La maladie commence par une forte inflammation. Elle s'est déjà attaquée aux genoux qui sont, comme j'ai pu le constater, tuméfiés. Il se peut, dans le pire des cas, qu'elle s'attaque à toutes les articulations : coudes, épaules, hanches... Il n'y a aucun espoir de guérison, seulement possibilité de freiner l'évolution avec de la cortisone et de calmer la douleur qui, elle aussi, va augmenter.

Puis il ajouta qu'il allait contacter l'infirmière du

village pour qu'elle vienne lui faire des soins à domicile.

– Courage ! me dit-il en me quittant. Votre pauvre maman n'a vraiment pas de chance, et ses épreuves ne font que commencer.

Puis il s'en alla, petit, légèrement voûté, les cheveux en broussaille, le long du sentier. Le soleil avait disparu derrière le Jura. Le gravier collait à mes pieds.

*

Le traitement au sel d'or ne donnait pas le résultat espéré. En fait, il ne convenait pas du tout. Ma mère se sentait de plus en plus mal après chaque piqûre. Elle souffrait de vertiges et ressentait de fortes démangeaisons dans les jambes qui prirent une teinte violacée et se mirent à gonfler comme si elles s'emplissaient d'eau. La peau se craquela et une plaie ouverte commença à suinter sans cesse. Il fallut lui mettre de la pommade et enrouler ses jambes dans des bandelettes.

Au bout de peu de temps, le médecin fit stopper les sels d'or et commença un traitement à la cortisone. Elle ressentit assez rapidement un léger mieux, mais son visage devint si bouffi que c'est à peine si on la reconnaissait. Ses forces l'abandonnaient ; elle passait la majeure partie de son temps dans un fauteuil. Par contre les douleurs semblaient moins violentes. La crise aiguë avait passé. Et s'installa une période morose, sorte de rémission, sans aggravation mais sans amélioration non plus.

Quelques mois plus tard, les coudes et les épaules commencèrent à se gripper. Elle avait de la peine à lever les bras pour se coiffer. Elle pouvait encore faire un chignon, mais au prix d'efforts épuisants. Elle décida après moult hésitations de couper ses cheveux, qu'elle perdait d'ailleurs à grande allure, et de les permanenter. Elle était mignonne avec ses petits cheveux blancs bouclés autour de la tête.

L'infirmière, qu'on appelait au village la sœur visitante car c'était une ancienne diaconesse de l'hôpital de Saint-Loup, femme âgée d'aspect sévère, revêche même, vint deux fois par semaine pour lui prodiguer des soins et faire sa toilette. Dieu, qu'elle était brusque, cette femme ! Elle s'impatientait, bougonnant et grognant à tout bout de champ devant le temps infini que ma mère, qui pourtant la craignait comme la peste, mettait pour exécuter chaque geste.

Une femme du quartier se chargea de faire le ménage une fois par semaine. C'était une de ses anciennes camarades d'école qui « avait eu beaucoup de malheurs dans sa vie ». Ma mère n'était pas contente ; humiliée sans doute de ne plus pouvoir nettoyer la maison elle-même et d'être l'objet de la pitié de celle que chacun plaignait depuis des années.

Mon frère cadet, marié et père de trois enfants en bas âge, habitait la ferme d'à côté. Depuis la mort de papa, il devait mener à bien seul le train de campagne. Sa femme vint apporter chaque jour les repas. Les enfants reprenaient les récipients. Le soir, ma mère comptait sur eux pour fermer les volets.

Cet arrangement convint pendant quelques mois. Puis arriva un jour où ce ne fut plus possible. La chambre à coucher, la salle de bains et les toilettes étaient à l'étage. La montée et la descente des escaliers devint un obstacle de plus en plus infranchissable.

Ma mère ne voulait pas qu'on l'aide, préférant prendre son temps et gravir les marches avec sa propre technique. Ne pouvant plus plier ni les genoux ni les chevilles, elle se hissait à quatre pattes, comme un bébé. Une main, une jambe, l'autre main, l'autre jambe. Chaque marche lui arrachait cris et gémissements. Pour descendre, c'était pire. Elle se cramponnait à la balustrade de fer qui longeait le couloir puis, lorsque celle-ci était trop haute, à la porte de la petite armoire à confitures qui se trouvait juste dans le tournant. Enfin, avec un bruit sourd de corps qui se laisse tomber contre la porte, après bien dix à quinze minutes d'efforts et de douleurs, elle parvenait à la cuisine.

Le soir, elle attendait que je sois dans ma chambre pour monter. Depuis mon lit, j'entendais les raclements sur les marches et les gémissements qu'elle n'arrivait pas à étouffer. Je ne me levais pas. Pudeur. Impuissance. Horreur face à cette douleur. Parfois, c'était si insoutenable à entendre et imaginer que je fourrais ma tête sous l'édredon.

Ses douleurs continuelles et son infirmité croissante lui changèrent le caractère. Elle devint geignarde, agressive, et se mit à critiquer tout ce qu'on tentait de faire pour elle. La nourriture était trop ceci, pas assez cela. J'arrivais trop tard et repartais trop tôt...

« J'aimerais que tu aies ce que j'ai, comme ça tu saurais ce que c'est que souffrir continuellement », me lança-t-elle un jour où, ayant mal supporté ses critiques, je m'étais montrée odieuse avec elle. Évidemment, elle ne pouvait se rendre compte combien le spectacle de la souffrance de ceux qu'on aime peut être insupportable.

Chaque dimanche soir, je la quittais bourrée de remords de la laisser seule et d'avoir été impatiente à son égard à un moment ou à un autre. Inondée de chagrin et d'impuissance devant ses souffrances, je pouvais me montrer violente et la rabrouais souvent.

J'arrivais à Lausanne les yeux bouffis, craignant

de rencontrer quelqu'un de la maison, soit dans le garage souterrain, ou soit, et ç'aurait été pire, dans l'ascenseur. Un bruit de voix ou de pas quelque part dans le bâtiment, et je restais immobile dans la voiture, retenant mon souffle, jusqu'à ce que le silence s'établisse à nouveau. Je ne voulais pas voir l'interrogation ni la pitié dans les yeux de quiconque. Et surtout, j'aurais été incapable d'expliquer quoi que ce soit à qui que ce soit. Une boule dans ma gorge étouffait les mots par avance. Et il ne fallait pas craquer. Parler aurait rompu les digues. Je devais tenir le coup.

*

Elle marchait à tout petits pas, traînant chaque pied comme un boulet, grignotant l'espace centimètre par centimètre. Dans ma tête résonne encore, plus de quinze années après, le raclement de ses souliers sur les carreaux de la cuisine.

Le seuil de la porte du séjour devint un écueil quasi insurmontable. Il fallait voir la tactique dont elle devait user pour le franchir : appui des deux bras contre le chambranle, changer le poids du corps, soulever une hanche, tirer une jambe, changer le poids du corps, soulever l'autre hanche, puis tirer l'autre jambe. Le tout accompagné de plaintes et de ahannements.

Très vite, elle ne put marcher qu'à l'aide d'un « tintébin », (qui signifie en patois : tiens-toi bien), canne à quatre pieds inventée par le docteur César Roux. En s'appuyant sur le support horizontal, elle pouvait encore tirer ses jambes. Puis il fallut se résoudre à lui commander un fauteuil roulant.

Chaque étape du développement de sa maladie fut difficile à passer. Pour elle, et pour nous.

La première fois qu'elle dut utiliser son fauteuil d'invalide, elle refusa obstinément. Je fis le guignol et réussis à la persuader de s'y asseoir en lui démontrant les avantages de ce barbare appareil transformé en voiture dernier cri.

– Regarde ces freins comme ils sont sensibles au moindre attouchement ! Tu feras attention de ne pas piquer du nez sur le volant en les manipulant. Oh ! et ces pneus tout neufs ! avec ce bon profil antidérapant, pas de risque de patiner ! Tu as vu cette manette avec direction assistée pour tourner à gauche ou à droite, et tu pourras même aller tout droit ! Dis donc, avec un truc pareil, tu vas devoir passer un permis de conduire ! Connais-tu au moins bien les signaux routiers ? Il va falloir que je t'interroge là-dessus le plus vite possible, si tu ne veux pas le rater !

Puis, m'asseyant dedans :

– Les accoudoirs sont bien rembourrés, le dossier bien droit. Et la suspension ! Tu as vu la suspension ? Avec ça, tu ne sentiras même plus le gravier du jardin. Mais il est magnifique ce véhicule ! Et tu verras, c'est un fauteuil magique qui te permettra de te diriger de la chambre à la cuisine toute seule, d'aller allumer la télévision toute seule. Et aussi, je pourrai te promener dans le village. Tu rencontreras à nouveau des gens. Tu pourras observer la Venoge avec toutes ses algues et toutes ses truites ! Avec moi comme moteur, tu ne risques pas la panne parce que...

Elle me coupa abruptement la parole :

– Pour la maison et le jardin, passe encore. Mais pas question que je me montre au village dans cet engin. Ça, jamais ! Allons, descends, tu vas me l'abîmer si tu continues à te trémousser dedans, ce n'est pas un jouet, descends vite !

Elle s'y fit. Ce fut son seul moyen de locomotion pendant des années, jusqu'à sa mort. Je pus la sortir de temps à autre pour faire le tour du village, en l'emmitouflant bien dans une épaisse couverture.

Elle appréciait et redoutait à la fois de rencontrer d'autres personnes. Elle aimait bien bavarder et connaître les potins du village, ça la distrayait. Mais il y avait les regards de pitié et les paroles maladroites de ceux qui, ne sachant que lui dire, gênés, gaffaient magistralement en voulant la plaindre. Et puis aussi, il y avait ceux qui, malgré les avertissements, d'office et sans s'en rendre compte, lui broyaient inévitablement et longuement les mains, lui arrachant des cris de souffrance.

*

A cause de sa maladie, elle avait toujours froid. On poussa le chauffage de la maison. Moi, j'étouffais, mais ma mère continuait de frissonner. On lui mit une couverture en laine d'Écosse sur les genoux, un châle mohair sur les épaules, et pour ses pieds endoloris, de confortables pantoufles doublées mouton que l'on ouvrit sur le côté.

Les moments les plus critiques de la journée étaient quand elle devait s'asseoir ou se lever. Lorsque, après un temps de concentration pour se donner du courage et ne pas manquer son coup, elle se mouvait imperceptiblement, millimètre par millimètre, puis se laissait tomber dans son fauteuil ou sur le divan, on aurait dit à chaque fois que quelque chose se cassait à l'intérieur de l'articulation, produisant un craquement de branche sciée qui s'abat lentement. Et à chaque fois, elle ne pouvait s'empêcher de crier. Ceux qui entendaient ce bruit et ce cri pour la première fois se mordaient les lèvres, tournaient la tête, pâlissaient.

Moi, j'accumulais toute cette souffrance dans ma commode intérieure dont les nombreux tiroirs pleins à craquer se mirent à déborder, premièrement dans mon sommeil, puis dans mes nerfs, et finalement dans mon corps tout entier.

*

Il devint impossible de la garder à la maison. La décision à prendre, qui flottait dans l'air depuis plusieurs mois sans qu'on puisse se résoudre au terrible déracinement qui s'en suivrait, devint inéluctable.

A mon arrivée, un samedi matin, la maison était en pleine effervescence. Des cris provenaient de l'escalier.

– Laissez-moi ! Je vous dis que j'y arriverai. J'y arriverai ! Allez-vous en ! Laissez-moi !

L'infirmière était là, qui secouait la tête. Ma belle-sœur aussi, toute pâle. Ma mère était couchée en travers des marches depuis une éternité. Tombée à terre après que l'infirmière eut voulu l'aider à descendre en la soutenant, et probablement aussi en la molestant, elle ne voulait plus bouger, interdisant qu'on la touchât ou même qu'on l'approchât.

Le docteur arriva sur ces entrefaites. Il dit : « On ne peut plus la laisser comme ça, une hospitalisation rapide est nécessaire. » Pour lui, c'était la fin du calvaire, le calvaire de son impuissance face à l'évolution de la maladie. Pour nous aussi.

Mais elle avait opposé un refus catégorique à toute tentative de persuasion, ne voulant absolument pas entendre parler d'aller dans un établissement médico-social, un EMS, c'est ainsi que l'on appelle maintenant les maisons pour personnes âgées en fin de vie, les mouroirs, quoi. Depuis quelques mois déjà, je tentais de la préparer à cette éventualité. Mais chaque fois que j'abordais cette question, elle se fâchait, disant qu'elle mourrait plutôt que de quitter sa maison. J'avais beau lui dire qu'elle pourrait aller dans l'EMS que dirigeait notre cousin à Lausanne. Que là-bas, elle serait choyée et bien soignée. Que sa filleule y travaillait comme animatrice et qu'elle y serait un peu en famille. Et que d'autre part, habitant la même ville, je pourrais venir plus facilement et plus souvent lui rendre visite... Rien à faire. Elle répliquait qu'on voulait se débarrasser d'elle, et qu'après tout ce qu'elle avait fait pour nous, ses enfants, on n'était que des ingrats, et qu'on devrait avoir honte.

On avait honte, en effet. Mais surtout mal.

*

Mes frères et moi décidâmes de faire transformer la cave située à côté de la cuisine en salle de douche et w.-c. et de lui préparer un coin à dormir dans le salon. Comme ça, n'ayant plus l'obstacle de l'escalier à franchir, elle pourrait un jour revenir dans sa maison.

Elle eut beaucoup de peine à approuver notre projet, trouvant toutes sortes d'objections, comme la peur de dormir en bas, à cause des voleurs.

Elle céda finalement, quand elle apprit qu'elle aurait sa chambre et ses meubles à elle. Elle nous donna son accord contre la promesse formelle qu'elle pourrait revenir dès les transformations de la maison terminées.

*

J'étais tellement troublée lorsque je l'emmenai à l'EMS que je ne me souviens plus de grand-chose. Ah si ! je me souviens qu'elle eut beaucoup de peine à entrer dans la voiture et à s'y asseoir ; les sièges étaient tellement bas que j'ai bien cru qu'elle n'y arriverait jamais.

Sa chambre était petite et la fenêtre, que l'on atteignait par une marche, si haut placée qu'elle ne lui permettait pas de voir le paysage. Son regard, depuis le lit ou le fauteuil, ne pouvait attraper que des pans de ciel. Au moins, par temps clair, pouvait-elle admirer à loisir un rectangle d'étoiles. Enfin, à loisir c'est beaucoup dire ! Très tôt, avant la nuit, les gardes venaient tirer les rideaux. Dommage, car le parc en contrebas était magnifique ; les allées, les arbres et les parterres de fleurs l'auraient égayée.

La partie ancienne de la maison, non encore rénovée à cette époque, ne possédait que très peu de chambres individuelles, toutes plus minuscules les unes que les autres. Par contre, dans la nouvelle annexe, j'avais visité de grandes et belles chambres avec de larges baies vitrées donnant sur le parc. Malheureusement, elles étaient à deux lits. Impensable, vu l'âge très avancé et l'état mental des autres pensionnaires, que ma mère partageât une chambre.

On lui acheta une petite télévision qui fut installée au mur, en face de son lit, et que l'on pouvait mouvoir grâce à un bras métallique mobile. Les doigts enflés et déformés de ma mère ne lui permettant pas de manipuler la commande à distance, elle dépendait d'une garde-malade ou d'une femme de ménage pour l'heure et le choix des émissions. Plus d'une fois je la trouvai endormie. En face de son lit, des images défilaient sans fin. Ou alors elle n'avait pour toute distraction que les murs de sa chambre, quand elle aurait pu regarder une émission intéressante.

On lui installa aussi le téléphone, sur sa table de nuit. Elle ne pouvait avoir de longues conversations ; la faiblesse de ses mains et de ses épaules ne lui permettaient pas de tenir le récepteur plus d'une minute ou deux.

Je lui apportai le petit fauteuil Louis XV qu'elle aimait – c'était celui de sa mère, c'est le mien – et dans lequel elle se sentait bien car il était plus droit et moins bas que les autres.

Elle demanda que la grande photo encadrée du buste de son mari tenant à deux mains la tête de son cheval noir bien-aimé, et que j'avais toujours vue dans notre maison, au salon, soit fixée au-dessus de son lit, de façon à la voir depuis sa couche ou depuis son fauteuil.

Je lui punaisai aussi une ou deux reproductions, dont la petite fille de Renoir aux longs cheveux ensoleillés, qu'elle aimait beaucoup, et un paysage de Pissaro représentant une rivière aux berges bordées de peupliers qui évoquait son village.

Mon frère aîné lui rapporta de Paris un tableau exécuté, c'est bien le cas de le dire, par l'un des peintres de la butte Montmartre. Ma mère l'admira et le fit admirer ; il lui rappelait l'unique séjour qu'elle fit dans la capitale française, quelques années auparavant, en compagnie de mon père, et qui fut un grand événement dans sa vie.

*

Entourée, bien soignée et sécurisée dans un encadrement chaleureux et compétant, elle retrouva son sourire, sa gentillesse et sa douceur. Les manifestations d'agressivité dont elle avait fait preuve maintes fois disparurent comme par enchantement. Son immense angoisse due à un avenir de sable mouvant s'étant en partie évanouie, lui revint un peu de plaisir de vivre.

Cependant, jamais elle ne s'accommoda de sa dépendance, ni des horaires fixes et rigides d'un établissement hospitalier.

Malgré ses doigts maladroits et tremblotants, elle pouvait encore jouer au Scrabble. Jeu que nous avions pratiqué ensemble des après-midi entiers, après la mort de papa.

Madame Willy, vieille dame extravagante, très « bonne société lausannoise », toujours vêtue de longues robes élégantes, daignait parfois jouer avec elle. Faveur due probablement à son statut de tante du directeur, pensais-je, car je trouvais que cette dame faisait montre de grands airs dédaigneux et méprisants pour les autres, se moquant méchamment de ceux qui n'avaient plus toute leur tête ou qui étaient mal habillés. Ma mère, elle, se trouvait flattée de l'avoir comme partenaire de jeux. Mais lors de son deuxième séjour, la direction avait changé de main. A partir de ce moment-là, cette « grande dame » l'ignora superbement ; ce qui confirma mon diagnostic préalable de snobisme irrémédiable et chagrina grandement ma mère.

De nombreuses distractions étaient organisées dans la maison par trois animatrices qui formaient une équipe dynamique : lotos, conférences, séances de chants, concerts, cours de cuisine, gymnastique, poterie, jeux divers... et ma mère prenait plaisir à y participer lorsque qu'elle le pouvait. Elle se rendit au cours de poterie mais ses mains n'arrivèrent pas à faire des rouleaux de terre. Elle dut y renoncer. « J'aurais tant aimé pouvoir te faire quelque chose, un bol ou... en tout cas pas un cendrier ! » me dit-elle en riant.

Écrire, coudre, tricoter lui était impossible. Les journaux la distrayaient un peu, mais la lecture d'un livre la fatiguait vite, son pouvoir de concentration étant limité, sans doute en raison de tous les calmants qu'elle ingurgitait. J'ai tenté de lui faire la lecture : elle s'endormait au bout de peu de temps.

On la levait, la couchait trop tôt. Horaire d'hôpital auquel il lui fut pénible de se plier. Par contre, la nourriture lui plaisait, de même que le cuisinier Pierre, charmant, il faut bien le dire. Le matin précédant son anniversaire, il monta dans sa chambre pour prendre commande de son plat préféré. Elle fut ravie de cette attention. Elle avait choisi des filets de perches avec une sauce piquante, et au soir, lors de ma visite, elle me demanda avec anxiété si ce ne serait pas trop compliqué pour la cuisine de lui préparer cela.

En fait, la vie dans cet établissement semblait lui plaire. Elle y était moins seule que chez elle. Elle avait retrouvé une certaine vie sociale qui lui avait manqué dans son village depuis sa maladie.

Pour le directeur, sa femme, ses enfants, et pour sa filleule animatrice, elle était tante Jeanne. Nom qui lui colla à la peau car elle devint bientôt dans tout le bâtiment « la Tante Jeanne », aussi bien pour les pensionnaires que pour le personnel. D'un abord facile, sociable, gentille avec tout le monde, – ce qui n'était pas le cas de tous les pensionnaires que les années, contrairement au vin, n'avaient pas améliorés – très rapidement elle fit des connaissances.

Madame Schirder, sa voisine de table, de presque quinze ans son aînée, devint même par la suite une réelle amie. Souvent je les trouvais assises côte à côte, se faisant des confidences, se racontant leur vie.

L'une : trois enfants, ayant pratiquement toujours vécu à la campagne, Vaudoise d'origine, et l'autre : sans enfant, Suisse allemande et citadine. Ces disparités, au lieu de les éloigner, les rapprochaient plutôt. Cette amitié dura jusqu'à la mort de ma mère, six ans plus tard.

Madame Schirder, elle, vit toujours. Et toujours dans le même EMS. Elle a plus de nonante ans maintenant. Elle a peu changé.

La dernière fois que je l'ai vue, elle m'a raconté la mort de sa mère. Sa voix tremblait en évoquant ce souvenir et ses yeux s'embuèrent. Après ce grand malheur, elle avait dû quitter ses études pour tenir le ménage de son père. Elle avait à peine quinze ans.

Et puis il y avait Carlos, un des plus jeunes pensionnaires de la maison, tordu comme un vieil olivier, marchant tout de travers, ne pouvant programmer un seul geste – probablement un IMC.

Traînant ses jambes qui partaient dans tous les sens, Carlos, malgré son gros handicap, se fit l'héroïque chevalier servant de ma mère. Avec mille peines, il poussait son fauteuil roulant le long des corridors ou des allées du jardin, tout fier de la promener. En accomplissant sa prouesse, sur sa face ballottante et grimaçante exultait un sourire si rayonnant de bonté que j'en étais à chaque fois bouleversée.

Carlos, merci ! Mille mercis Carlos ! Je t'embrasse. J'ai toujours voulu le faire. Je n'ai jamais osé.

Ce premier séjour en EMS fut donc plutôt bénéfique pour son moral et sa santé. Elle recevait fréquemment des visites et appréciait les distractions organisées par la maison. Les excursions en bus aménagé spécialement pour le transport des handicapés, avec repas pris dans un restaurant, l'enchantaient.

Un soir, elle me raconta longuement le tour qu'elle avait fait sur le Léman. Il y avait si longtemps, me dit-elle, qu'elle n'avait été en bateau. Mais, ajouta-t-elle avec un soupir, quel dommage que je sois en compagnie de tant de personnes complètement gâteuses, ce n'est pas drôle tu sais, de manger en face de quelqu'un qui bave ou qui répète toujours la même chose, ou qui a fait dans ses culottes.

Quant à la sortie pour aller assister à la représentation du cirque Knie, qu'elle aimait beaucoup, elle fut un peu déçue. Nous y étions allés en famille une ou deux fois. Notre père admirait tant les frères Knie dans leur numéro avec les chevaux, toujours splendides. Et nous, les enfants, étions enchantés de cette sortie extraordinaire jusqu'à Lausanne, au bord du lac.

Ma mère se réjouissait comme une gosse d'y retourner, tout en appréhendant de s'y exhiber en fauteuil roulant. Elle eut du plaisir, mais regretta cependant que ce fût lors d'une matinée de bienfaisance. Elle se retrouva au premier rang, entourée d'une véritable cour des miracles du malheur. Et puis, se plaignit-elle, c'est moins féerique qu'en soirée, où les lumières ajoutent une atmosphère qui manque en plein jour.

Par beau temps, mes frères et moi la promenions dans les environs de la maison. Nous allâmes une fois jusqu'au restaurant de la forêt de Sauvabelin, déguster une coupe glacée sur la terrasse, et elle se montra ravie de sa sortie. Nous eûmes un mal fou à pousser son fauteuil le long de la pente, même en s'y mettant à deux.

Son moral allant beaucoup mieux, elle reprit un peu de forces. Elle pouvait à nouveau faire quelques pas dans le parc, en se tenant au fauteuil. Souvent on prenait le thé au jardin et on s'offrait de bonnes pâtisseries. Par temps froid ou pluvieux, nous nous installions à la cafétéria.

Je la sortis aussi quelquefois en voiture, ce qu'elle n'appréciait guère ; elle avait tant de peine à y entrer ainsi qu'à s'en extirper qu'il fallait quelqu'un pour nous aider. Les trépidations du moteur et les accidents de la route se répercutaient dans ses genoux douloureux et, en lui faisant mal, lui gâchaient tout son plaisir. Ces sorties-là se raréfièrent, puis disparurent du programme.

Souvent elle me demandait où en étaient les nouveaux aménagements de sa maison. Tu comprends, me disait-elle, je ne suis pas mal ici, mais je ne peux pas faire ce que je veux, et j'aimerais bien retrouver mon chez-moi. Bien sûr, lui répondais-je, prends patience, encore quelques mois, deux ou trois au plus. En ce moment, on attend le carreleur. On a choisi de beaux carreaux brun orangé. Tu verras comme ce sera joli.

Débarrasser la cave de tout ce qui s'y était accumulé pendant des décennies ne fut pas une mince affaire. Puis il fallut faire des projets, des plans, des devis. Prendre contact avec le maçon, le peintre, le ferblantier-plombier, le monteur en chauffage, le carreleur.

Mon frère aîné travaillant à Genève, moi à Lausanne, il était compliqué de se rencontrer au village, et surtout, pas très facile de surveiller des travaux qui, comme toujours, traînaient en longueur.

Finalement, au bout de quelques mois, tout fut

prêt pour la recevoir. La nouvelle salle d'eau, précédée d'un cagibis avec une grande armoire murale pour ses affaires et ses habits, nous semblait une réussite. Nous avions choisi une unité de ton, dans les brun-beige avec un rideau de douche orange, et pour le cagibis, les mêmes couleurs murales, avec l'armoire peinte en orange. Des teintes gaies et lumineuses. Tout semblait avoir été bien calculé pour le confort de la malade. Une barre avait été placée à côté des toilettes pour qu'elle puisse s'y cramponner.

Mes frères et moi étions satisfaits de ces transformations et priions le ciel pour que tout se passe bien par la suite.

*

Quelle fête et quelle émotion le jour où elle quitta l'EMS pour rentrer chez elle ! Nous lui avions mis sa belle robe bleu ciel avec des petites fleurs, celle qui allait si bien avec son teint pâle et ses cheveux blancs tout frisés.

Madame Schirder, son amie, avait les larmes aux yeux. Nous lui promîmes de venir la chercher en voiture pour qu'elle puisse de temps à autre revoir ma mère.

Nous ne pûmes dire au revoir à Carlos qui avait disparu dans sa chambre.

Tous les pensionnaires valides se tenaient devant la maison, émus au-delà de toute expression.

J'imaginais ce que la plupart d'entre eux devait ressentir...

Pour combien de temps ? me demandai-je en démarrant, le cœur serré.

Ma mère, sur le chemin du retour, au lieu de se réjouir de retrouver sa maison, montra de la nervosité et de l'anxiété. Elle dit qu'elle regrettait sa chambre d'en haut, qu'elle ne savait pas si elle allait pouvoir dormir au rez-de-chaussée, qu'elle aurait peur des voleurs, et que n'importe qui pourrait entrer dans sa chambre puisque c'était aussi le salon, et puis qu'elle trouvait dommage qu'il n'y ait plus de cave, parce qu'elle n'allait plus savoir où ranger certaines choses... Elle était plutôt grincheuse, quoi. Et moi, fort désappointée par son attitude. Je sentais déjà monter l'angoisse d'un avenir bouché.

Elle s'habitua plus ou moins à vivre en bas, jamais tout à fait cependant. Si par malheur quelqu'un oubliait de lui fermer ses volets, comme cela arriva une fois ou l'autre avec les enfants, elle ne dormait pas de la nuit.

Pendant quelque temps cependant, tout sembla aller pour le mieux, dans sa situation. L'infirmière austère revint deux fois par semaine pour les soins et la toilette. La femme de ménage aux nombreux malheurs refit son apparition.

Et puis, comme au jeu de l'oie, tout recommença à la case départ. Ce fut la dégringolade. Les jérémiades, la mauvaise humeur, l'agressivité remontèrent à la surface. La solitude lui pesait, elle nous le fit sentir. Elle recommença à se laisser aller, de plus en plus.

*

Le médecin de famille vieillissait. L'âge de la retraite largement dépassé, il ne garda qu'un ou deux fidèles patients et amis. Il passa le dossier de ma mère au jeune médecin frais émoulu qui avait installé un nouveau cabinet dans le quartier.

Lorsque je le vis pour la première fois, il m'annonça avec assurance qu'avec un nouveau traitement et un changement complet de régime alimentaire il allait sortir ma mère d'affaire. Il suffisait de suivre strictement toutes ses prescriptions.

Et le train-train de la maison fut bouleversé. « Dieu le père » avait ordonné, il n'y avait plus qu'à obéir. Ma mère lui fit aveuglément confiance, et moi aussi, du moins au début. Ses théories sur la nourriture et les méfaits de la médecine traditionnelle semblaient plausibles. Je ne demandais qu'à le croire. Peut-on vivre sans espoir ?

Il lui fit abandonner presque tous les médicaments qu'elle prenait habituellement pour de nouveaux, extrêmement bizarres et compliqués à prendre qui, disait-il, devaient avec le temps lui changer son métabolisme et éviter cette dégénérescence des articulations due à une mauvaise assimilation des aliments. De plus, il commença un traitement électrique qui allait, selon lui, faire des miracles dans ses articulations abîmées.

Tout changea de style dans notre façon de nous nourrir. Il fallut supprimer café, alcool, beurre, viande, sucre, sel, pour se mettre au régime petites graines, fruits, serré maigre et tisanes. Même l'eau du robinet était interdite. Toutes les emplettes devaient être faites dans des magasins spécialisés en produits diététiques et naturels. Nous fîmes venir par correspondance un moulin spécial pour moudre les graines au jour le jour, la fraîcheur étant primordiale, et pas question de traumatiser le germe, élément vital, par une mouture trop fine.

Et voilà : je me mis à cuisiner bio chaque fin de semaine, ainsi que pendant une partie de mes vacances. De l'huile de lin bio, de l'eau bio, des graines bio, du sel bio, des fruits bio, des jus bio, des amandes bio, des tisanes de bois de saule...

A l'époque, ces produits étaient plus rares que maintenant, et donc bien plus chers. L'assurance maladie ne remboursait pas tous les médicaments ni les soins donnés à domicile par l'infirmière. Ce qui était parfaitement injuste au vu des coûts tellement plus élevés qu'aurait entraînés une hospitalisation.

Ayant toujours eu horreur du sectarisme, je devins assez rapidement sceptique quant aux théories du nouveau médecin. Surtout lorsque je constatai qu'au fil des jours, au fil des mois, aucune amélioration ne se faisait sentir. De plus, ma mère qui était gourmande ne trouvait plus grand plaisir à manger.

Après la terrible épreuve du lever, craquements infinis des articulations déformées, cris et douleurs, une fois installée dans son fauteuil, ma mère commençait sa matinée par une prise de médicament à jeun, de la poudre blanche à conserver au moins dix minutes sous la langue afin de bien l'imprégner avec la salive avant de l'avaler. A côté de sa sous-tasse se trouvaient plusieurs petites pilules à prendre avant, pendant et après le petit déjeuner. Les vertes avant, les blanches pendant, les roses après. Ou le contraire, peu importe maintenant.

– Tu veux que je te verse ta tisane à présent ?
– Hum, hum, hum !

Les yeux de ma mère roulaient de gauche et de droite. Sa figure grimaçait. Elle hochait la tête. Puis elle fixait son regard sur la pendule murale qui semblait s'être arrêtée tout exprès à ce moment-là. Une fois de plus j'avais oublié qu'elle ne pouvait me répondre avant le délai prescrit par le médecin.

Il y avait dans le vaisselier de la cuisine, ainsi que dans l'armoire à confitures de l'escalier, un nombre incroyable de petits sachets blancs, chacun avec son inscription : une cuillerée à jeun le matin, une cuillerée après le petit déjeuner... Prendre une heure avant, pendant ou après chaque repas, avant le coucher... Il ne fallait surtout pas se tromper de sachet. J'avais toujours un œil sur ma montre. Ma mère regardait à tout moment la pendule. Et quel drame, lorsque le doute s'infiltrait quant à une erreur possible à cause d'une distraction. La prise de médicaments et la nourriture devinrent les deux obsessions chroniques et majeures de la maison.

Pendant la semaine, c'était ma belle-sœur qui venait lui préparer ses médicaments, et parfois l'aidait à se lever quand ma mère se trouvait encore au lit et n'avait pu y parvenir seule. Le samedi et le dimanche, c'était moi.

Au début de son régime, ses petits-enfants vinrent chaque jour lui moudre les graines et lui presser le citron. Mais le premier intérêt du jeu passé, ce devint vite pour eux une corvée. Et la cause de nombreux conflits.

Ah ! la banane qu'il fallait écraser avec une fourchette dans le serré maigre, plutôt que de la couper, afin de ne pas enlever le suc en la traumatisant ! Quel tralala, lorsqu'elle n'était pas assez mûre et que d'impatience je prenais un couteau ! Ma mère se fâchait tout rouge. « Le médecin a dit : avec une fourchette. » Alors là, quand le médecin avait dit, il ne fallait surtout pas la contrarier.

La tension montait de semaine en semaine, car elle commença à se méfier de toute nourriture dont le médecin n'avait pas parlé, refusant de l'ingurgiter, ou alors l'avalant avec des airs de martyre, disant : « Je vais sûrement le payer et ça sera ta faute. » Et moi, je m'impatientais, je m'impatientais de plus en plus.

Parfois, elle se laissait tenter par un bon morceau de viande, mais après elle avait des remords et naturellement la digestion se faisait mal.

Son caractère se ressentit fortement de ce régime sévère, draconien s'il s'en trouve. Au bout de six mois environ, elle en eut plus qu'assez de cette nourriture insipide. Cependant la foi en son médecin, qui à chaque visite faisait miroiter l'espoir d'une guérison prochaine, l'aidait à persister dans ses efforts, héroïquement.

Au bout d'une année, on dut se résoudre à conclure à l'échec sur toute la ligne. Aucune amélioration ne s'était manifestée, bien au contraire.

En plus des oligo-éléments et des innombrables pilules prescrites par le nouveau médecin, elle prenait à haute dose des alcacyls ou des aspirines et même parfois des Voltarènes, pour diminuer ses douleurs. Son tube digestif, qui ne lui avait jamais posé problème, ne tarda pas à se révolter. Elle commença par avoir des brûlures, puis des aigreurs, puis des douleurs de plus en plus fortes.

Le médecin diagnostiqua un ulcère à l'estomac. Dès lors, elle dut prendre, en plus de tous les autres, un médicament pour la digestion avant chaque repas, ainsi que du son biologique pour ses intestins qui devenaient capricieux.

Un jour gris de novembre, une crise aiguë l'attaqua sur plusieurs fronts : pieds, chevilles, genoux, mains, poignets, coudes et épaules. Elle avait mal partout. Elle refusa de se lever.

Cette crise se manifesta par un état de faiblesse intense et une inflammation de toutes les articulations qui doublèrent de volume. La peau se crevassa à certains endroits, provoquant des ulcères qui suintaient sans cesse. Des démangeaisons insupportables fourmillaient le long de ses jambes et de ses bras. Les douleurs lui arrachaient sans cesse plaintes et gémissements.

L'infirmière dut venir chaque matin pour aider ma belle-sœur à la lever, la laver, l'habiller et l'installer dans son fauteuil.

Le docteur craignait une phlébite, ses jambes devenues toutes dures, violettes par endroits, étaient très douloureuses, même au simple toucher. Il avait peur qu'un caillot ne se forme et monte au poumon ou au cœur. Il prescrivit des anticoagulants pour lutter contre la thrombose.

Le soir, sa belle-fille la couchait. En fin de semaine, je prenais la relève. J'avais alors l'impression que tous les griefs accumulés tombaient sur moi, et qu'elle m'en voulait de ne pas m'occuper d'elle à plein temps. Avec l'infirmière ou ma belle-sœur, elle n'osait pas se montrer trop agressive, mais avec moi, sa fille...

Il devenait difficile, voire impossible de l'aider. Elle avait depuis quelques années pris un embonpoint que son manque de mouvements empirait et était trop lourde à soulever par une seule personne. Il fallait compter un bon quart d'heure, pendant lequel elle tentait de déverrouiller ses articulations, avant de pouvoir l'asseoir dans son fauteuil. Ensuite venait la séance d'habillage. Il fallut se résoudre à ouvrir par-devant une ou deux robes, et à lui acheter des vêtements qui se boutonnaient sur toute la longueur, car elle ne pouvait plus se soulever, ni lever les bras pour les passer par la tête.

La maladie, tel un cyclone, avait causé des ravages dont on ne pouvait que constater, impuissant, les effets dévastateurs. Et voilà qu'elle était déjà devenue, à soixante-sept ans, totalement impotente et dépendante.

Évolution incroyablement rapide, nous dit le médecin navré. Il ajouta que le traitement aurait dû commencer beaucoup plus tôt, mais qu'il ne fallait cependant pas perdre courage car une fois cette crise aiguë dépassée, tout espoir de guérison n'était pas perdu. Peut-être pas la guérison totale, non, ça il ne pouvait plus le promettre, vu les dégâts profonds et irrémédiables qu'avaient subis les articulations, mais avec du temps, beaucoup de temps, son traitement ferait inévitablement sentir des effets bénéfiques. Si elle voulait bien persévérer, et si nous voulions bien l'aider, il n'était pas impossible qu'elle puisse un jour à nouveau marcher. Dans quelques mois, ... ou ... dans quelques années.

A chacune des consultations à domicile, il répétait qu'il allait la sortir de là, sûr et certain, foi de médecin.

Illusion, orgueil ou naïveté ? Je n'ai jamais su qu'en penser. En tout cas, passé maître dans l'art de donner de l'espoir. Il y avait déjà longtemps que le mien s'était envolé comme feuille morte avec la tempête de novembre. Je ne croyais plus au miracle. Et ma mère, et toute la famille avec elle, sombra dans le trou sans fond de la désillusion.

Il fallut très vite se rendre à l'évidence ; elle avait un urgent besoin d'une présence et de soins continus. Trouver une infirmière privée. Un rêve inaccessible. C'est à peu près à cette époque que ma mère fut harcelée de lettres envoyées par une secte religieuse qui fit beaucoup parler d'elle par la suite, lors d'un fameux procès contre leur chef.

On lui promettait la guérison par la prière, avec preuve à l'appui : les noms, factices bien sûr, de personnes guéries de cette façon. Un soir, je préparais ses bulletins de versements mensuels et fus frappée par un étrange destinataire. Je questionnai ma mère qui m'avoua procurer de l'argent à cette secte contre promesse de guérison. Outrée par ces procédés, je me fis montrer les lettres reçues régulièrement depuis un certain temps. Le ton en était très persuasif ; en bref : nous prions pour votre guérison contre bel et bon argent.

Je dus gronder ma mère comme une petite fille pour qu'elle n'entre pas dans cette combine. Ce chantage.

Je tentai à plusieurs reprises de la préparer à l'éventualité d'une hospitalisation prochaine. Elle refusait net. J'usais d'arguments tels que : pourtant tu t'y es plue, là-bas, tu vois bien que ce n'est plus possible ici, tu ne peux plus rien faire toute seule. Tu ne peux pas rester comme ça... Elle refusait de m'écouter et se fâchait tout rouge.

Pas une fois, elle n'accepta mes arguments, nos arguments. Je veux mourir ici, répétait-elle sans cesse. Laissez-moi mourir ici. Je ne veux pas partir.

Parfois, elle semblait devenir plus raisonnable ; elle se rendait bien compte que ça ne pouvait plus durer, et qu'il fallait faire quelque chose. Mais peu après, elle se rétractait et répétait qu'elle ne voulait pas s'en aller de la maison.

J'en parlai à plusieurs reprises à mon cousin et à ma cousine qui dirigeaient l'EMS, leur disant de lui réserver une chambre. Ce n'était pas facile ; les chambres individuelles étaient si peu nombreuses. Il fallait attendre. Attendre que quelqu'un meure.

Un jour, sur ma demande expresse, mon cousin se déplaça jusqu'à L'Isle pour lui faire entendre raison et l'inviter à revenir dans l'EMS. Il lui fit miroiter tous les avantages qu'elle aurait là-bas par rapport à sa situation présente, intenable. Impressionnée, elle acquiesçait à tout ce qu'il lui disait. Trouvant même le courage de lui sourire.

Mais le lendemain déjà, elle déniait le fait d'avoir accepté. Elle savait bien, au fond d'elle-même, qu'une fois là-bas plus jamais elle ne pourrait revenir chez elle.

Elle pleurait souvent, sous l'effet des douleurs. Elle se mit à hurler même, dès qu'on voulait la toucher. On n'avait qu'à la laisser mourir, disait-elle. Elle ne voulait plus s'habiller, ou plutôt se laisser habiller. L'infirmière perdait de plus en plus patience. Disant qu'il fallait l'hospitaliser de force. Ma belle-sœur était à bout de nerfs. Moi aussi.

J'appréhendais chaque fin de semaine. Comme un cauchemar récurrent. La maison de L'Isle était devenue l'enfer. Pour tout le monde.

Le médecin lui, ne la voyait qu'en fin de matinée ou d'après-midi, bien installée dans son fauteuil, ou alors dans son lit, avec sa dose de calmants. Et, de crainte qu'il ne conseille l'hospitalisation, elle faisait la brave, souriait, disait que ça allait. Et lui, tout fier, s'en retournait chez lui, l'âme en paix. Si au moins il avait assisté, assisté ne serait-ce qu'une fois, à la séance de torture qu'était devenu son lever, son coucher ou le fait d'aller aux w.-c. Il serait revenu sur ses paroles : il faut la laisser chez elle tant que c'est possible, je sais combien c'est pénible pour vous, mais c'est votre mère, et votre rôle est de la comprendre et de l'aider le plus possible.

Un samedi matin, au moment précis où je passais ma robe au-dessus de ma tête, j'entendis comme une cassure dans mes reins. J'eus l'impression d'avoir reçu un coup de poignard dans le dos. Impossible de me redresser. J'étais pliée en deux, à angle droit.

Que faire ? Mon devoir était d'aller à L'Isle, comme d'habitude, pour m'occuper de ma mère.

Toute la semaine, ainsi que toutes les semaines précédentes d'ailleurs, j'avais été obsédée par l'idée de ses horribles souffrances. Comme dans une prise d'otage, je la voyais enchaînée sur un fauteuil roulant. Martyrisée par la maladie dans sa propre maison. Et tel le prisonnier dans la cour de sa prison, tournait en rond dans ma tête ce dilemme : la laisser vivre seule, pas possible, l'hospitaliser de force, pas possible, quitter mon travail pour m'en occuper, pas possible. Alors ?

Je ne sais comment j'ai pu conduire. Le trajet me parut multiplié par dix, tant j'avais mal. Arrivée à L'Isle, j'aperçus ma belle-sœur qui était venue chercher du bois dans le bûcher situé à l'arrière de la maison. Elle s'approcha pour me dire bonjour et ne comprit pas tout de suite pourquoi je ne descendais pas de ma voiture. Quand elle vit que je ne pouvais pas, elle vint m'aider.

– J'ai levé ta mère, me dit-elle, viens je te conduis directement chez le médecin, tu ne peux pas rester comme ça, pliée en deux.

Il m'ausculta l'iris avec un appareil spécial, me posa quelques questions, puis il me fit trois injections dans le dos, le long de la colonne vertébrale, et me conseilla de rester au lit.

Le lendemain, c'était pire. Je ne pouvais presque plus bouger. Ma mère me regardait avec angoisse. Le dimanche soir, ne voulant pas être une charge de plus pour ma belle-sœur, je rentrai à Lausanne, toujours pliée en deux.

Je me déshabillai avec beaucoup de peine, me fis une bouillote chaude. Le dos maintenant me cuisait jusqu'à la nuque. Je constatai dans le miroir que j'avais, à l'emplacement des piqûres, trois énormes boules qui avaient fort mauvaise allure. Paniquée, je téléphonai à une collègue qui habitait non loin de chez moi. Elle vint de suite et m'apporta des calmants. Elle me conseilla de tenir le lit et de bouger le moins possible. Très facile, lorsqu'on vit seule et qu'il faut tout faire soi-même.

Au bout d'une semaine, je pus me redresser, pas complètement cependant. Je me rendis chez un spécialiste de la colonne vertébrale.

Examinant mon dos, il me demanda quel genre de piqûre le médecin de L'Isle m'avait fait. J'étais incapable de lui répondre. Il me dit que j'avais sans doute fait une allergie au produit utilisé puis me pria de m'étendre sur le côté. Il y eut un craquement. D'une torsion extrêmement rapide, il me remit les vertèbres en place.

Au rendez-vous suivant, huit jours plus tard, je lui parlai de mes problèmes familiaux. Le dos ne me faisait plus souffrir, mais par contre j'avais mal dans une jambe et j'étais folle d'angoisse à l'idée d'avoir hérité la maladie de ma mère. Il m'expliqua que ce n'était pas impossible que ce soit héréditaire, du moins en ce qui concerne un terrain favorable, mais qu'en fait la science en savait bien peu sur cette terrible maladie. Il me fit des prises de sang.

Je tremblais en lui téléphonant pour avoir les résultats des analyses. Depuis des jours et des jours, j'imaginais toutes les façons possibles de me supprimer au cas où le diagnostic... Je ne voulais subir en aucun cas ce que subissait ma mère.

Le médecin me rassura aussitôt et me dit que mes douleurs devaient probablement avoir une origine psycho-somatique. Ouf !

Le trajet de Lausanne à L'Isle fut assez pénible. Brouillard depuis Cossonay. Route glissante. C'est fin novembre. La nuit tombe tôt. La visibilité est très mauvaise. Je suis crevée. Une semaine de travail derrière moi, une grosse dépense d'énergie nerveuse. Le matin, j'ai nettoyé mon appartement et lavé mes cheveux. En début d'après-midi, j'ai corrigé des travaux d'élèves.

Passant par La Sallaz, je me suis arrêtée sur la place pour faire quelques courses. Je n'ai pas eu le temps d'aller au magasin biologique. Je me sentais très lasse. J'avais une forte envie de rebrousser chemin, de dormir. Envie d'autant plus forte qu'impossible à satisfaire.

Arrivée à L'Isle, je décharge les courses que je dépose sur la table de la cuisine puis j'appelle ma mère. Pas de réponse. Je vais voir au séjour. Tassée dans son fauteuil roulant, elle pleure. Je lui dis bonjour. Pas de réponse. Reniflements. Puis reproches. Amers et douloureux.

– J'ai été seule tout l'après-midi. Et c'est seulement à cette heure-ci que tu arrives ! Personne n'est venu pour me faire ma tisane et me donner mes médicaments. Personne. Il vaudrait mieux que je meure. Je sens bien que je vous ennuie tous.

Je tente de l'embrasser. Elle détourne la tête. Je lui explique que j'ai eu du travail, et que j'ai dû faire des courses pour notre fin de semaine. Elle hoche la tête et se remet à pleurer.

Il est vrai que j'aurais pu faire chez elle mon travail de corrections, mais je n'arrive pas à me concentrer avec sa présence à mon côté. C'est devenu impossible. Comment le dire. Ici, je ne suis que nerfs à vifs et dans ma tête ça ne tourne plus rond.

La situation devient de plus en plus catastrophique. Je me sens au bord du gouffre. Mon angoisse m'étouffe. Je dors mal. Je travaille mal. Je mange mal. Je passe des nuits éprouvantes, emplies de cauchemars plus horribles les uns que les autres. Je me réveille souvent avec le cœur qui bat trop vite. Je m'angoisse sans cesse en imaginant le pire. Combien de temps vais-je encore pouvoir tenir ?

Ma mère a entièrement raison. J'aurais dû venir plus tôt. Plus les remords me submergent à son sujet et moins je sens la force de m'en occuper et de la soutenir. J'ai l'impression de couler. De couler avec elle. Elle m'appelle au secours. Et je ne puis y répondre.

Je monte immédiatement dans ma chambre et éclate en pleurs. Je suis à bout. Ma belle-sœur arrive. Elle me console et m'avoue qu'elle aussi est à bout. Que faire... que faire ? se demande-t-on. Seul un soupir suivi d'un long silence nous répond. Peut-on l'hospitaliser de force ? Non, je ne crois pas que ce soit possible. Et de toute façon, nous serions les uns et les autres écrasés de remords. De surcroît, ma mère serait capable de se laisser mourir de désespoir. Il faut absolument obtenir son consentement, sinon...

Lorsque je descends, elle est à la cuisine à boire sa tisane. Elle me regarde bizarrement. Ma belle-sœur lui a sans doute parlé. Je lui dis :

– Excuse-moi, je ne suis pas bien. Je n'en peux plus, je...

– Comment oses-tu te plaindre alors que tu es en bonne santé ? Et si tu étais à ma place, comment réagirais-tu alors ? Tu n'es qu'une égoïste qui se cherche des excuses pour ne plus avoir à t'occuper de moi. Moi, ta mère, qui t'ai donné la vie, qui t'ai élevée, qui...

– Je ne t'avais rien demandé. Et peut-être aurais-tu mieux fait de ne pas me mettre au monde ?

A peine ai-je prononcé ces paroles que déjà je les regrette. Ma mère avait été une bonne mère. J'avais eu une enfance heureuse. Je devais surmonter mes problèmes personnels. Elle avait entièrement raison. Je devais m'oublier et faire mon devoir. Il le fallait.

Pour la rassurer, je lui dis que j'attrapais peut-être la grippe car je n'étais pas dans mon assiette. Elle changea immédiatement de ton. Me dit qu'il fallait que je me soigne.

– Tiens, prends des aspirines, prends des aspirines et couche-toi sur le divan. Mais avant, place-moi devant la télévision et allume-la s'il te plaît.

Sans doute avait-elle réalisé le danger, si je craquais à mon tour. Elle redevint toute douce. Et me dit qu'elle se rendait bien compte qu'elle me demandait beaucoup. Me demanda pardon de vivre encore et de me donner autant de soucis. « Ce ne sera pas long, tu sais, ce ne sera pas long avant que je rejoigne ton père. » J'étais au bord des larmes à nouveau. Alors je lui demandai brusquement si elle voulait une seconde tasse de tisane. Je la lui versai en répandant du liquide bouillant sur la table. Elle ne me fit aucun reproche et me répéta que si je voulais aller me coucher pour me reposer un moment, il ne fallait pas regarder à elle, pour qui le temps n'avait plus d'importance. Et qu'elle n'avait pas faim. Et qu'elle pouvait bien attendre son souper.

– Allez, va, va te coucher, me dit-elle brusquement.

Puis elle se remit à pleurer, doucement, sans faire de bruit, tassée comme une petite chose sans os sur son fauteuil roulant. Je luttai pour ne pas me mettre à l'unisson, puis avalai ma tisane et me levai pour commencer à préparer le repas.

– Me coucher n'arrangerait rien, lui dis-je. J'ai bien peur, si je m'endors, que ce soit pour des heures, car j'ai beaucoup de sommeil en retard. Qu'est-ce qu'on se fait de bon pour le souper ?

Ma voix à la gaîté forcée résonna bizarrement à mes oreilles, comme celle d'une étrangère qui se serait infiltrée dans la cuisine à mon insu. Ma mère me demanda ce que j'avais apporté. Je lui énumérai toutes mes emplettes et lui demandai ce qui lui ferait plaisir. Pour une fois, elle ne me répondit pas : « Ce que tu voudras, pourvu que le docteur me le permette », mais me demanda de lui faire des endives au jambon. Mon frère aîné était venu la voir mercredi et lui avait apporté un bon morceau de gruyère, ma belle-sœur de la crème toute fraîche dans le petit pot rouge à pois blancs, et moi, j'avais acheté des tranches de jambon.

Je me mis à l'ouvrage. Le fait de m'activer réveilla des forces insoupçonnées. J'avais faim en me mettant à table. J'ouvris une bonne bouteille de vin rouge et ma mère en accepta un fond de verre. Nous trinquâmes. Le repas me remit le cœur à l'endroit. Je pus parler de mes difficultés d'enseignante. Elle m'écouta. Puis, elle me raconta les visites qu'elle avait eues pendant la semaine et en particulier celle de mon frère aîné qui avait passé la nuit à la maison. Nous mangeâmes de bon appétit toutes les deux.

La crise avait passé. Et la réaction de ma mère avait été fort positive. La mienne aussi. Peut-être est-ce salutaire de montrer de temps à autre ses faiblesses ? Et peut-être ma mère prenait-elle conscience de ce qu'elle voulait si fort se cacher : la souffrance de ses enfants, leur fragilité devant son martyre.

*

Par chance, la vessie de ma mère tenait le coup très longtemps. Je dis par chance, car la cérémonie des w.-c. était très éprouvante. D'abord elle devait s'extirper de son fauteuil que je plaçais juste à l'entrée des toilettes.

Je la soutenais sous les bras. Ça lui faisait mal. Je la tirais par les mains. Ça lui faisait mal. Elle me disait : « Laisse-moi ! » Elle préférait tenter de se lever toute seule. Elle avait le « tintébin » juste en face d'elle. Elle s'y cramponnait. Moi, je tenais le « tintébin ». Ses genoux craquaient, craquaient, craquaient. Les larmes jaillissaient de ses yeux. Elle criait. Aïe ! Aïe !... Voilà, elle était debout. Enfin, debout ! sur ses jambes plutôt, accrochée au « tintébin ».

Ensuite il s'agissait d'exécuter la cérémonie inverse. S'asseoir sur la lunette des cabinets en pliant petit à petit une articulation qui refuse ses services. Puis se laisser tomber d'un coup. Il fallait bien viser. Elle criait. Aïe ! Aïe !... Voilà, elle était assise.

Je m'absentais un moment... Elle m'appelait. Une fois qu'elle était à nouveau debout, cramponnée à la barre placée à cet effet à côté des w.-c., je lui remontais ses culottes à longs canons. Elle pleurait. Elle gémissait. Je lui avançais le fauteuil. Elle visait bien le siège. Se repliait lentement... puis se laissait tomber d'un coup. Elle criait. Aïe ! Aïe !... Voilà, elle était à nouveau dans son fauteuil.

Je l'amenais au séjour. Nous étions tranquilles pour quelques heures. Jusqu'au coucher, vers les minuit, parfois plus tard, car ma mère appréhendait toujours ce moment-là et le retardait le plus possible.

*

– Tu pourrais me couper les ongles, l'infirmière m'a dit qu'elle n'avait plus le temps de le faire ?

Je grimaçai. Je détestais faire ça. Je ne sais toujours pas pourquoi j'éprouvais tant de peine à la toucher. Ça me rebutait, ça me dégoûtait même. Et instinctivement je me défilais.

– Tu ne peux pas attendre la semaine prochaine, il y a un beau film à la télé ?

– Non, j'aimerais que tu me le fasses tout de suite, il y a bien trois semaines qu'ils n'ont été coupés. Regarde la longueur qu'ils ont. Je ne peux plus les nettoyer dessous. On peut regarder le film en même temps.

Effectivement ce n'étaient plus des ongles qu'elle avait, mais des griffes. Des griffes jaunes par-dessus et noires par-dessous. Résignée, j'allai chercher les ciseaux, la lime, le bâtonnet de bois pour repousser les peaux, et m'installai à côté d'elle.

Cette main froide aux doigts boursouflés et déformés qu'elle me tendit, quel effort sur moi-même je dus faire pour pouvoir la prendre dans les miennes ! Et quelles sensations contradictoires je ressentis, à la fois de rejet et de profonde tendresse mêlée de pitié.

– Aïe ! doucement, tu me brusques.

– Pardon ! je ne l'ai pas fait exprès. Tes ongles sont si durs. On dirait de la corne de rhinocéros. Attention, j'y vais, ne bouge surtout pas !

Je suis maladroite. Incroyablement maladroite pour ces choses-là. En coupant les peaux, j'ai dévié, et maintenant une perle de sang coule sur son doigt. Ma mère la regarde en hochant la tête d'un air qui en dit long.

– Voilà, ouf, c'est fini !

– Et mes pieds ?

– Tu demanderas à l'infirmière. Tes ongles sont beaucoup trop durs. Tu sais bien que je n'arrive pas à les couper avec ces ciseaux-là et qu'il faudrait un instrument spécial.

Et c'était vrai. J'avais essayé une fois, mais n'y étais point parvenue. Les ongles épais, raccornis, retournés sur l'orteil quand ils n'étaient pas incarnés s'étaient tellement défendus que ma patience avait été vaincue. Il ne faut même pas que j'essaye à nouveau ; je suis capable de lui couper un orteil.

Ses pauvres pieds : le musée des horreurs à eux tout seuls. Froids comme ceux d'un mort. Peau chiffonnée, écailleuse, crevassée. Cors à gogo. Varices violacées. Déformations en tous genres. Ulcères en veux-tu en voilà. Boursouflures et cratères. Couleurs passant du blanc le plus laiteux au rose, rouge, vert, violet, quasi tout l'arc-en-ciel. Odeurs fades et écœurantes, mélange de lait aigre et de fromage rassis. C'est... c'est au-dessus de mes forces.

*

Cris comme bruit de fond. Ma belle-sœur dans la cuisine parle avec l'infirmière. Toutes deux ont l'air fort effrayé. Elles chuchotent en catimini.

C'est samedi matin. Je viens d'arriver. Un air de catastrophe plane dans la maison. Un accident ! Ma mère a eu un accident. Mon Dieu !

– Elle est aux toilettes. Elle ne peut plus se relever. Elle hurle dès qu'on veut s'approcher. Elle fait une crise. Une vraie crise d'hystérie.

La voix de ma belle-sœur tremble. Je deviens toute blanche. Je me sens devenir blanche. J'entends les cris. Une folle qui crie.

– Je vous en supplie, allez-vous-en ! Je n'en peux plus ! J'ai trop mal ! Je ne veux pas que vous entriez ! Allez-vous-en ! Vous ne pouvez pas m'aider, laissez-moi mourir ! Doux Jésus, prends-moi !... Non, ne venez pas ! Je vous interdis d'entrer ! Allez-vous-en ! Je vous en supplie ! Allez-vous-en !

L'infirmière dit d'un ton catégorique :

– Il faut l'hospitaliser d'urgence. Et je pense qu'il y a déjà un certain temps qu'elle devrait l'être. Moi, je ne peux plus m'en occuper toute seule, il faudrait deux personnes pour la soulever. Je n'arrive plus à faire convenablement ses soins.

Ma belle-sœur dit d'une voix qui se casse :

– Je vais chercher le médecin. Il faut qu'il voie. Qu'il voie de ses propres yeux !

Je dis, avec l'impression que ma voix s'étrangle :

– Oui, il faut que le médecin vienne. On a besoin de lui de toute façon pour signer une demande d'entrée à l'hôpital. En attendant, je vais immédiatement téléphoner à mon cousin.

Au téléphone, ma voix a tant de peine à sortir que mon cousin me dit :

– Je viens aujourd'hui même. Avec le bus spécial. Prépare-la doucement. Soyez prêtes à trois heures.

Ma belle-sœur revient accompagnée du médecin. Ça n'a pas tardé. Ils franchissent à grands pas l'allée du jardin. Ils entrent dans la cuisine. En entendant les cris il dit : Mon Dieu ! Puis il s'approche des toilettes. « Madame, c'est moi, le médecin, puis-je entrer ? » Il entre. Puis il ressort et nous demande de venir l'aider à la porter.

Sur ce mon frère arrive. Il entend notre mère crier. A son tour il devient tout blanc. Il tremble.

– Qu'est-ce qui se passe ?

– Courage, et venez m'aider, lui répond le médecin.

Elle est transportée sur son lit. Elle en a partout. Elle est couverte d'excréments. Le long de ses jambes. Sur sa robe. Sur ses mains. Partout. Elle ferme les yeux. Elle ne crie plus. Elle semble prier. Elle dit :

« Pardon », si doucement que c'est à peine si je l'ai entendue.

L'infirmière s'en occupe. On lui apporte de l'eau chaude, du savon et des serviettes. Puis on les laisse seules au séjour.

Dans la cuisine, le médecin signe une entrée immédiate pour l'hôpital. Je lui dis que je préfère qu'elle aille en EMS. Il acquiesce. Il est profondément troublé.

– Je vais lui faire une piqûre pour la calmer.

Il entre dans la chambre. Je l'entends qui lui parle. Mais je ne comprends pas les mots. Je ne peux que les deviner. Puis j'entends ma mère renifler.

Nous nous asseyons autour de la table. Dehors le vent souffle. Dans la cuisine, le feu ronronne puissamment. Personne ne dit mot. Un silence d'après avalanche s'installe. J'ai la gorge complètement sèche. Je me lève pour mettre de l'eau à bouillir.

– Je prépare du thé. Tout le monde en prend ?

– Non merci, dit le médecin. Je dois partir. Un patient m'attend. Bon courage ! Votre mère va s'endormir bientôt sous l'effet du sédatif. Je... Désolé... Au revoir.

Et il s'en va. Grand, maigre, penché en avant. Qu'il semble fragile, lui aussi. Il a beaucoup de peine à ouvrir le vieux portail, au fond de l'allée qui traverse le jardin. Assise sur le tabouret orange, je pense : c'est la dernière fois.

*
**

Aucune chambre individuelle disponible. Ma mère dut partager son univers avec une personne très âgée, sourde comme un pot, et incontinente. Une vague odeur un peu aigre, mélange d'eau de javel et d'urine, vous frappait dès l'entrée dans la pièce. Madame Lina dormait beaucoup et passait le reste du temps à soliloquer haut et fort tout en comptant ses mouchoirs ou ses biscuits, persuadée qu'elle était qu'on la volait. Le monde autour d'elle n'existait plus que pour la persécuter.

Au bout de quelques semaines, une chambre se libéra et ma mère fut déménagée. On put de nouveau lui arranger un coin bien à elle.

Elle bénéficia d'un lit électrique que l'on pouvait monter ou descendre à volonté et qui permettait de l'asseoir sans qu'elle ait besoin d'être déplacée. Gros avantage pour les aide-soignantes mais qui, pour ma mère, se révéla être une arme à double tranchant. Lorsqu'on montait mécaniquement la tête du lit, les articulations de la hanche et la colonne vertébrale n'avaient pas le temps nécessaire pour se réajuster. Certaines soignantes sans l'avertir la montaient d'un coup, au lieu d'aller par paliers. La surprise lui arrachait des cris de douleur, ceci sans compter l'humiliation d'être traitée sans égards, comme une chose dont on dispose à volonté.

Sa fenêtre donnait sur la façade, juste au-dessus de l'entrée de la maison cachée par la ramure d'un gros arbre, orme ou charme, je n'ai jamais très bien su, grouillant du matin au soir de pépiements et de volettements.

Les premiers temps, le bruit de la route l'empêchait de dormir, se plaignit-elle. Par la suite, elle ne se plaignit plus ; on lui donnait des somnifères.

C'était le début du printemps. Toute la nature s'énamourait. Un océan de vie se perpétuait tout autour de cet ilôt sur lequel venaient s'échouer ceux que l'hôpital gériatrique refusait ou renvoyait : malades inguérissables ne demandant pas de soins sophistiqués, morts en sursis. Vieilles peaux emplies d'une boue de maux.

Auparavant l'EMS faisait office de maison de retraite et de convalescence, mais au moment où ma mère y retourna, à cause de la réorganisation du nouvel hôpital universitaire lausannois, il avait dû changer d'option et plus de la moitié des pensionnaires étaient grabataires.

Enterrés vivants dans leur chambre avec leurs médicaments, leurs tuyaux, leur sonde, leur pipi et leur caca, ils avaient le regard résigné de ceux qui savaient de l'intérieur, par tous leurs os, leurs organes et leurs tripes, qu'ils suivaient un chemin sans issue.

Il y avait ceux qui attendaient avec impatience de pouvoir pénétrer au-travers du grand mur blanc. Pour eux, le chemin était généralement court. Certains parvenaient même à en programmer la fin. Et il y avait ceux qui voyaient un précipice noir au bout du chemin. Et ce précipice leur donnait un vertige tel que, malgré leurs maux et leur solitude infinie, ils préféraient attendre. Attendre quoi, au juste ? Le savaient-ils seulement ?

Parmi les plus ou moins valides, certains déraisonnaient, perdant peu à peu la tête jusqu'à ne plus savoir du tout où ils en étaient. Madame Julie par exemple, âgée de nonante et un ans, qui était incapable de retrouver sa chambre et que l'on voyait errer sans cesse dans les couloirs. Parfois elle fuguait, ne rentrant pas le soir. Au matin, c'était généralement la police qui la ramenait. Elle avait passé la nuit au poste, ou encore si ce n'était pas le cas, Dieu seul sait où. Lorsqu'on lui demandait pourquoi elle était partie, elle répondait qu'elle avait voulu aller chez sa mère.

D'autres avaient des problèmes de caractère, devenant de plus en plus insupportables avec leur entourage, jamais contents, se plaignant de tout et de rien. Des vins tournant au vinaigre, imbuvables.

Parfois, à la salle à manger ou à la cafétéria, je rencontrais une femme menue et pointue, tout en os, que je fuyais comme la peste. Je la surnommai très vite « La petite fouine hypocrite ». De sa bouche en lame de couteau ne sortaient que critiques pleines de fiel. Ses petits yeux méchants avaient une façon de vous jauger, comme si elle se demandait si vous valiez la peine d'un effort de gentillesse. Car elle savait se montrer tout miel avec les supérieurs de l'établissement, avec tous ceux qui pouvaient lui être utiles.

« L'Oncle Louis », lui, avait toujours la bouche accrochée à sa pipe. Pipe la plupart du temps éteinte d'ailleurs. Tout le contraire de « la petite fouine hypocrite », l'Oncle Louis. Jamais une plainte. Un gentil sourire, un peu triste. Il avait une façon bien à lui de relever la tête et de vous regarder en face, droit dans les yeux, lorsqu'on s'arrêtait auprès de lui pour lui demander de ses nouvelles et pour faire un brin de conversation. D'abord il enlevait lentement sa pipe de sa bouche, la tenait à bout de bras tout en vous répondant posément. Ses paroles, fort brèves, vous régénéraient ; une philosophie de vieux paysan trop habitué aux vicissitudes de la vie pour se révolter.

Il refusait de participer aux animations proposées par les ateliers. Il pouvait rester des heures sans bouger, les yeux dans le vague, fort loin, et je me suis bien des fois demandé où il était alors. Peut-être dans ses champs, à observer les graines en train de germer et de sortir de terre, si frêles et si vaillantes, porteuses de vie. Ou encore, les yeux dans le ciel, il regardait les nuages se déplacer imperceptiblement et les oiseaux voler de-ci de-là, gracieux porteurs de messages éternels.

« Oncle Louis », sur ton nuage ouateux où tu observes d'en haut le pauvre monde d'en bas, je vois souvent ta pipe exhaler des effluves de timides violettes annonciatrices de jours plus beaux. Je revois ton sourire un peu mélancolique qui en disait tant.

– Bonjour la Joséphine ! Tu vas bien ?

– Bonjour Josette ! Oui je vais bien, merci, et toi ?

– Pas trop mal, à midi on a eu des frites, et moi j'adore ça les frites. Tu m'as apporté du chocolat ?

Grande et forte, vêtue de sa sempiternelle jaquette de tricot grisâtre qui pendait de chaque côté sur ses hanches opulentes, la Josette avait la face toute ronde, des dents écartées et un éternel large sourire. Son expression ainsi que ses cheveux poivre et sel coupés au carré pendouillant au-dessus des oreilles lui donnaient l'air d'une fillette de dix ans dont elle avait d'ailleurs l'âge mental.

Elle ne devait pas manger de chocolat à cause de son foie déficient. La pauvre en était obsédée. Alors de temps à autre je lui en donnais un petit morceau.

Elle n'avait pas reçu grand-chose de la vie, la Josette, même pas une tête fonctionnant normalement. Un peu simplette, mais pas méchante pour un sou, voilà ce qu'on disait d'elle en souriant. Sociable, elle était ravie et éperdument reconnaissante lorsqu'on s'intéressait un tant soit peu à elle. Elle qui n'avait jamais de visite. Elle qui avait été élevée dans un orphelinat depuis sa plus tendre enfance et qui s'en souvenait comme d'un mauvais rêve. Elle qui, à cause de cela sans doute, se plaisait tant dans cet EMS, même les jours sans frites.

A Noël, je lui apportai deux bougies sur un socle de porcelaine blanc en forme d'angelots, un bibelot très kitsch. Depuis lors, chaque fois qu'elle me voyait, elle me disait :

– Tu sais la Joséphine, tes anges, ils sont toujours sur ma table de nuit. Ils sont jolis. Tu as du chocolat pour moi aujourd'hui ?

– Non Josette, par contre j'ai des biscuits, ils sont entourés de chocolat, comme tu les aimes. Tu sais, les anges sur ta table de nuit, ils t'aiment bien, ils sont là pour te protéger.

– Oui, je sais. Depuis que tu me les as donnés, je n'ai plus fait de comas. Et puis on a des frites plus souvent qu'avant. Merci beaucoup la Joséphine.

Lorsqu'un pensionnaire devenait par trop asocial, on s'en débarrassait en l'envoyant au service de gérontologie de l'asile psychiatrique de Cery, dans la mesure où il y avait de la place. Quelques aides ne se gênaient pas d'ailleurs pour menacer d'y envoyer quiconque se montrait par trop récalcitrant, ou pas assez coopérant.

Monsieur René, un des premiers pensionnaires que je voyais en entrant dans le bâtiment, se tenait presque toujours dans le hall, près d'une plante verte énorme dont les palmes faisaient une auréole au-dessus de sa tête. C'était un homme aux yeux porcins et rieurs. Son gros ventre montait jusqu'au menton, et on avait l'impression gênante que sa braguette à laquelle il manquait souvent un bouton allait sauter d'un moment à l'autre. Il semblait fort à l'étroit dans son fauteuil roulant, comme un pet bien rond aux abords de l'anus. Le personnel l'avait surnommé

« l'obsédé », car il ne manquait jamais de caresser les fesses de la gent féminine, jeune ou vieille, qui passait à sa portée. Ma mère en avait peur, il avait un jour tenté de la prendre par les épaules, me raconta-t-elle. « De fauteuil roulant à fauteuil roulant, lui dis-je en riant, le viol doit être plutôt difficile ! »

– Si vous me touchez encore une fois, monsieur René, je vous remplis une fiche d'admission pour Cery. Vous avez compris monsieur René ? Arrêtez de jouer au cochon, sinon...

Et monsieur René riait, riait tout en rétorquant que si là-bas les infirmières étaient aussi jolies qu'ici, cela ne lui ferait rien.

Un beau jour, il disparut. La fiche avait été probablement remplie, ou alors il caressait désormais les anges qui devaient le frôler en passant, mélancoliquement.

Monsieur René avait été homme d'église. Sans doute, ne pouvant plus toucher les âmes, ne lui restait-il que les corps. L'extrême vieillesse comme l'extrême jeunesse n'a que faire de masques.

Et puis il y avait ceux qu'on voyait dès les premiers beaux jours assis en demi-cercle dehors, près de l'entrée du bâtiment. Toujours les mêmes et toujours à la même place. Je les appelais « Les sentinelles endormies ». Ils ne disaient rien. Ils restaient là. A attendre. En regardant leur ventre, ou le bout de leurs pieds ; arrondis et tassés comme des fœtus à l'intérieur de leur mère. Chaque fois que quelqu'un entrait et les saluait, leurs yeux s'animaient quelques secondes. Surpris dans leur non-monde, certains souriaient, d'un sourire timide et réservé. D'autres répondaient par un geste qui perdait vite le sens de sa destination. Puis ils retombaient dans leur mutisme. Ils faisaient partie du décor et donnaient immédiatement le ton de la pièce qui se jouait à l'intérieur.

Quelques pensionnaires, surtout les premiers mois de leur arrivée, avaient malgré leur grand âge conservé toute leur intégrité et leur personnalité. Ils avaient été placés là car ils ne pouvaient plus vivre seuls, ayant besoin de soins ou d'aide pour se lever ou marcher.

Parmi eux se trouvait madame Schirder, l'amie de ma mère, qui souffrait d'ulcères aux jambes et ne se déplaçait qu'avec une canne. Les soignantes ne l'aimaient pas beaucoup car elle ne gardait pas sa langue dans sa poche lorsque quelque chose n'allait pas. Moi je l'admirais, elle avait du caractère, et quand elle le voulait, un si lumineux sourire.

Madame Fizel était restée fine, coquette et élégante. « La belle madame Fizel », comme je l'appelais, garda jusqu'à plus de cent ans toute sa tête à elle, et bien droite sur ses frêles épaules toujours couvertes d'un châle de dentelle blanche aux franges argentées ruisselant sur ses bras. Elle se déplaçait seule, à l'aide d'une canne, car elle souffrait parfois de vertiges imprévisibles.

Cette dame tricotait beaucoup, elle tissait aussi. J'ai un beau pull-over fait par elle ainsi qu'un coussin, achetés à la vente annuelle des objets créés dans les ateliers.

A chaque fête de l'établissement, à Noël, ou lors des manifestations du Nouvel An, « La belle madame Fizel » ne manquait pas de réciter un poème, un long poème, sans une seule hésitation. Sa voix légèrement tremblante, disant des vers d'une autre époque, d'un charme désuet, m'émouvait beaucoup.

Son idylle discrète avec un pensionnaire ex-diplomate raffiné et réservé créa de la diversion dans la maison et alimenta les sujets de conversation. Le couple très digne qu'il formaient lorsqu'ils passaient tous les deux dans les couloirs en se donnant le bras avec distinction, elle un peu plus grande que lui, l'air un peu protectrice, inclinait au respect et à un certain optimisme quant à la possibilité d'une vieillesse heureuse. La direction les autorisa à partager la même chambre, ce qui fut sujet à médisance pour les uns et fit envie à d'autres.

Madame Fizel commença à décliner lorsque son compagnon lui fit une monstrueuse entourloupette : il la quitta pour rejoindre la reine d'un autre royaume. Elle ne lui pardonna pas cette éternelle infidélité. Cependant elle vécut jusqu'à cent quatre ans. Elle s'éteignit une nuit, sans avertir personne, comme une bougie dont la mèche est finie.

*

Ma mère passa environ six ans dans cet EMS. J'eus donc le temps de connaître bon nombre de pensionnaires dont l'évolution parfois m'a surprise, puis m'a donné une certaine philosophie quant au bien-fondé de valeurs auxquelles certains avaient consacré leur vie. Lorsque la faiblesse et le manque de motivation, mais surtout le manque d'intérêt, font tomber tous les masques, apparaît alors le fond de l'être, son noyau.

Combien je les ai aimés ces vieillards, en leur grande nudité morale et physique ! Vrais, authentiques, toute façade abattue ; c'est incroyable ce que je me sentais proche d'eux, emplie d'une compassion telle que parfois il me semblait faire partie de la maison. Une des leurs.

Madame Bonnemain, intelligente et fine, conversait ou jouait de temps en temps au scrabble ou aux dames avec ma mère. Veuve et mère de professeur d'université, elle avait fréquenté la bonne société lausannoise, et de ce fait appris à toujours garder son humeur égale. Elle parlait d'une voix douce, les mots avaient l'air de passer au mixer avant de sortir de sa gorge. D'une éducation très stricte, elle avait mené ce que l'on nomme « une vie honorable », toute de vertu et de retenue. Une bourgeoise, au sens le plus respectable et le plus détestable du mot. Elle passa de nombreuses années à l'EMS, déclina avec courage, se plaignant rarement mais compatissant à tous les maux des autres.

Cette dame si distinguée et raffinée passa la dernière année de sa vie clouée à son tour dans un fauteuil roulant. Sa fin m'a beaucoup émue. Jupe relevée, main entre les cuisses, elle se mit un beau jour à se caresser, se masturbant sans vergogne devant tout le monde, avec un air candide. Comblée enfin !...

Sa famille demanda qu'on lui entravât les mains aux accoudoirs du fauteuil roulant. Ce qui fut fait. Pas longtemps, heureusement. Elle mourut peu de temps après.

J'ai bien connu aussi madame Ratis, d'origine hollandaise. C'était une femme plus grande que la moyenne, assez forte, avec de gros yeux globuleux. Sensible, cultivée, elle s'intéressait à tout et à tous. Elle avait vécu longtemps en Afrique puis en Asie, et c'était passionnant lorsqu'elle se mettait à raconter ses souvenirs. Elle faisait rêver ma mère qui avait peu voyagé et en avait toujours eu envie.

La pauvre madame Ratis eut une fin tragique. Elle attrapa un tic : elle ne pouvait s'empêcher de tirer la langue, surtout quand elle voulait dire quelque chose. « Bonjour madame. » Elle tirait la langue avant de pouvoir vous répondre. Les enfants en visite pouffaient de rire en la voyant.

Puis elle se mit à tirer la langue pour tout et pour rien. Finalement, sa langue sans cesse entrait et sortait, de plus en plus rapidement, sans qu'elle pût d'aucune manière la maîtriser. Cela devint pour elle et pour les autres tout à fait insupportable. On la bourra de calmants. Cela fit effet temporairement, puis au bout d'un certain temps, son tic recommença de plus belle, en dépit des tranquillisants.

On ne pouvait plus la sortir de sa chambre, c'était trop affreux à voir. Elle avait gardé toute sa conscience intacte. La dernière fois que je l'ai vue, elle suppliait qu'on l'achevât. Elle n'en pouvait plus de fatigue, et de honte aussi probablement. Elle mit des mois à mourir, avec cette langue qui ne faisait qu'entrer et sortir de sa bouche. Jamais je n'oublierai cette scène cauchemardesque, ce prélude à l'enfer, qui me fit penser au porche de l'église Sainte-Foy de Conques. Tête grimaçante, bavante, avec ce va-et-vient continu de langue tordue, violacée, empêchant la parole de sortir et la nourriture d'entrer. Il fallut lui mettre une perfusion et une sonde d'alimentation. Pour finir, on la bourra de morphine.

Dans la chambre jouxtant celle de ma mère se trouvait une femme que l'on ne sortait jamais. Parfois je l'entr'apercevais, lorsque les aides venaient pour les soins ou lui donner à manger. Cette femme avait la réputation d'être « méchante ». Elle souffrait de crises pendant lesquelles elle refusait de se laisser soigner, battant, giflant, griffant ceux ou celles qui l'approchaient. Il fallait l'entraver comme une bête féroce. Alors, c'étaient des hurlements et des imprécations à faire dresser les cheveux sur la tête.

Ces crises correspondaient la plupart du temps aux visites de sa fille. Ces deux femmes-là se détestaient. Elles se chamaillaient sans cesse. Voix rauque et poussive pour la mère, aiguë et métallique pour la plus jeune qui devait avoir entre cinquante et soixante ans.

Leurs criailleries passaient au-travers des parois et, depuis la chambre de ma mère, j'entendais le même thème éclater toujours et sans cesse, comme une noire ritournelle. La malade reprochait à sa fille de ne pas venir la voir assez souvent. La fille ripostait vertement qu'elle ne voyait pas pourquoi elle se sacrifierait pour quelqu'un qui fut une mauvaise mère, préférant ses amants à ses enfants, et au surplus, « une sale bête », emmerdant son mari jusqu'à ce qu'il en crève... La mère la traitait d'ingrate et d'égoïste, la fille de peau de vache...

Rien qu'à les entendre ainsi se chamailler, j'en étais malade. Et ma mère aussi. Quel soulagement pour tout le monde lorsque, dans un dernier hoquet de haine, elle s'étrangla définitivement, abandonnant sa fille au triste sort de n'avoir plus personne sur qui cracher sa rancune. Celle-ci probablement pleura beaucoup sur la disparition de sa partenaire dans ce jeu de la méchanceté qui avait été la trame de leur relation.

*

La salle à manger était plaisante et très claire. La lumière entrait par de grandes fenêtres placées sur les deux côtés formant l'angle de la maison. Une artiste avait décoré l'une des parois avec des formes colorées et gaies qui dansaient du haut en bas.

Elle communiquait avec la cuisine-laboratoire par une porte ainsi que par une vaste ouverture avec large rebord sur lequel étaient déposés les plats et les assiettes. Une gouvernante en blouse blanche, efficace et rapide, supervisait la distribution de la nourriture à chacun et servait à boire.

L'intimité des quatre pensionnaires placés à chacune des petites tables était préservée par une paroi de bois sur laquelle poussait une haie de plantes vertes.

Ma mère y prenait le dîner à onze heures trente et le thé à quinze heures. Le petit déjeuner et le souper lui étaient apportés dans sa chambre. Pour des raisons d'organisation et d'horaire de soins, il fallait qu'elle soit prête pour la nuit avant le repas du soir, qu'on lui servait dans son lit à dix-sept heures déjà.

Au début, elle avait eu la possibilité de prendre ses quatre repas dans la salle à manger, ce qui lui plaisait bien, elle y voyait du monde, comme elle disait, et pouvait converser avec son amie madame Schirder. Elle fut très vexée lorsqu'on lui annonça le changement dû à une réorganisation des horaires du personnel. Pour elle, qui aimait à veiller tard, être couchée si tôt fut un véritable choc, d'autant plus que ceux qui prenaient leur repas en commun pouvaient rester un moment au salon à regarder un film sur l'écran panoramique de la télévision, jouer aux cartes ou simplement converser à la cafétéria dont le bar était fermé le soir.

Pendant la journée, après le petit déjeuner et les soins, on l'installait dans son fauteuil roulant. Elle y restait même pour la sieste ; la cérémonie du coucher et du lever prenait trop de temps.

Comme dans tous les établissements médicaux, l'effectif insuffisant de personnel posait des problèmes cuisants. Le manque de temps, encore et toujours le manque de temps, fléau actuel, nuisait bien sûr aux pensionnaires qui devaient en subir les conséquences. Se sentir bousculé, surtout à cet âge où tout se fait au ralenti, est ressenti comme une offense grave. Pas le temps ! pas le temps ! c'est tout ce qu'elles savent dire ! se plaignaient-ils souvent.

Plus question de traîner un seul instant à la salle à manger en sirotant à petites gorgées votre café, causant de tout et de rien avec vos compagnons de tablée. A peine votre assiette était-elle vide, et encore, qu'on vous l'enlevait, horaire du personnel de cuisine obligeait.

De temps en temps je mangeais avec ma mère et cette façon de bousculer les gens me choquait terriblement.

Cela empira d'année en année, jusqu'à : « Pas fini de manger, tant pis, il fallait vous dépêcher, le chariot de ramassage attend derrière la porte, désolée Madame ! » Et l'assiette encore à demi-pleine disparaissait avec le plateau. On avait cependant la charité de laisser la tasse de café.

Chaque fois que je le pouvais, je venais donner à manger à ma mère et descendais moi-même la vaisselle sale à la cuisine.

Les repas, peut-être le moment le plus sacré de la journée dont c'était, pour certains pensionnaires, le seul événement. La nourriture était par conséquent un important sujet de conversation.

Un quart d'heure avant que le gong résonne dans tous les étages, le couloir s'emplissait du côté de la salle à manger. On consultait pour la énième fois le menu affiché de la semaine. On supputait quelle allait être la qualité de tel ou tel plat : « On a de la raclette aujourd'hui, j'aime bien ça, quel dommage qu'ils n'achètent pas du bon fromage. » Ou : « Zut ! encore des poireaux, ils savent pourtant bien que je ne les digère pas ! » Ou encore, et ça c'était bien entendu la voix tonitruante de Josette : « Chic, il y a des frites ! »

Certains aimaient tout, c'étaient les plus rares.

D'autres se plaignaient de tout et critiquaient tout. Ma mère faisait partie de ceux qui appréciaient généralement la nourriture qu'on leur présentait, mais pas n'importe quoi cependant. « Tu vois, me disait-elle de temps à autre, ce soir on a eu des croûtes dorées, eh bien elles étaient toutes molles, et c'était dommage, c'est infiniment meilleur lorsqu'elles sont croustillantes. Ce n'est pourtant pas bien difficile à réussir. »

Même si les repas étaient souvent meilleurs, ou en tout cas plus équilibrés que ceux que quelques-uns d'entre eux avaient eus auparavant chez eux, c'était une nourriture différente, donc pas digne d'être appréciée. Les rouspétances allaient donc bon train.

Le dimanche soir il y avait repas vaudois, c'est-à-dire : soupe de légumes, pommes de terre en robe des champs, pain, beurre et fromage. L'Oncle Louis à la pipe, qui aimait bien ça, se réjouissait d'un dimanche à l'autre.

Le petit père Rémy, lui, était toujours satisfait de ce qu'on lui présentait. Le petit père Rémy, un sacré phénomène celui-là. Je ne sais pas pour quelle raison il se trouvait là, il paraissait en bonne santé, seulement un peu simplet, un tout petit peu, d'une manière à peine perceptible pour qui ne le savait pas.

Gentil, doux de caractère, c'était l'homme à tout faire de la maison. Je ne l'ai jamais entendu élever la voix, qui coulait comme un filet d'eau dans un ruisseau asséché. Était-ce un parti pris, je ne le saurai jamais.

Il adorait faire les courses pour les autres dans les épiceries du quartier. Souvent je le voyais revenir les bras chargés de biscuits et autres friandises. Ravi comme un enfant, sérieux comme un banquier, il faisait sa distribution et ses comptes.

La journée, il se tenait dans l'un des grands

fauteuils du hall d'entrée qui faisait aussi office de salon pour ceux qui ne tenaient pas à regarder la télévision.

Étrangement, chacun se trouvait très vite un petit coin familier où presque sans coup férir on pouvait le retrouver.

Carlos, l'homme aux mouvements désordonnés et saccadés comme ceux d'un pantin désarticulé, Carlos, lui, se tenait souvent assis dans le couloir. Il avait choisi un coin stratégique d'où, l'air de rien, il pouvait tout surveiller : les entrées et les sorties par la porte principale, celles de la cafétéria, du salon, la réception, le bureau du directeur, celui des animatrices, les allées et venues du personnel du côté des cuisines ou de la nouvelle annexe. Tout, il pouvait tout voir. Je suppose que cela le distrayait. Lui que je n'ai que très rarement entendu se plaindre, excepté de son estomac ou de ses dents défectueuses pour lesquelles le dentiste paraît-il ne pouvait rien faire à cause de sa mâchoire déformée.

L'épreuve la plus éprouvante que je lui ai vu traverser là-bas fut quand on lui arracha toutes ses dents et qu'on lui mit un dentier. Celui-ci ne tenait pas bien, et il n'osait plus parler, le pauvre. Cela finit par s'améliorer mais il ne put jamais plus manger ou parler correctement. On avait toujours l'impression qu'il avait la bouche pleine d'une eau qui pouvait gicler et vous éclabousser. Surtout avec son menton qui s'avançait par à coups tandis que sa tête s'inclinait brusquement d'un côté et de l'autre.

Les membres du personnel dans leur ensemble faisaient montre d'une grande patience et étaient tout dévoués aux pensionnaires et à leur bien-être. Mais comme partout, il y avait quelques moutons noirs.

Une des veilleuses de nuit, madame Juliette, grande femme maigre et nerveuse qui avait de graves problèmes familiaux, devait avoir de surcroît des problèmes d'ouïe. Au milieu de la nuit, sous prétexte de savoir si tout allait bien, elle entrait tambour battant dans la chambre, et criait de sa voix de clairon : « Tout va bien, madame, bon alors bonne nuit ! » Réveillée en sursaut, ma mère avait mille peines à se rendormir. Parfois madame Juliette déversait au-dessus du lit un flot de soucis personnels qui, comme des puces sous un matelas, s'infiltraient dans l'esprit de la malade, augmentant son angoisse et son insomnie.

Le manque de formation était un mal chronique. Quelques cours sur la façon de se comporter avec des personnes âgées auraient été salutaires, surtout pour une ou deux jeunes femmes, qui travaillaient là, souvent au rabais, en attendant de trouver mieux ailleurs.

Je me souviens particulièrement d'une qui, pour montrer sa bonne volonté, chaque fois qu'elle rencontrait un pensionnaire, s'approchait de lui l'air avenant, lui prenait le nez entre le pouce et l'index, le lui tordait tout en disant : « Alors, monsieur, ou madame X, ça va bien aujourd'hui, on a bien mangé sa petite sousoupe, on va bientôt faire son petit dodo ? » Puis sans même attendre de réponse s'en allait en riant de son bon tour.

Lorsque j'en parlai au directeur car je l'avais vue tordre le nez de ma mère, lui faisant carrément mal, il m'avait répondu : « Je sais bien, c'est désolant, mais que veux-tu, pour le salaire qu'on peut leur donner il est vraiment difficile de trouver des gens compétents, surtout avec un travail aussi ingrat et pénible ? »

Par la suite, des cours internes sur les soins en gériatrie et sur le comportement envers les personnes âgées furent organisés par le responsable de l'animation des EMS. Un homme très bien, le grand Patrick, et qui prenait son travail à cœur. Tout le personnel y fut convié, femmes de ménage et de cuisine y compris. Des améliorations sensibles se firent sentir.

Qu'elle soit impotente, incontinente, gâteuse, une personne âgée n'est pas un bébé, même si elle en a parfois le comportement. Elle a tout un passé derrière elle et a le droit, le besoin qu'il en soit tenu compte. Il est déjà difficile de perdre sa dignité physique sans encore perdre par-dessus le marché sa dignité mentale, quels que soient son âge et l'état de son cerveau.

L'infirmier-chef dut s'absenter six mois pour suivre des cours de perfectionnement. La partie médicale était devenue peu à peu beaucoup plus importante qu'avant. Il y avait à cette époque en tout et pour tout deux infirmières diplômées qui se partageaient la responsabilité des soins médicaux. Le samedi et le dimanche, il n'y en avait qu'une, responsable de plus de cent personnes. Elle était aidée dans sa tâche par quelques assistantes, aide-infirmières ou stagiaires, mais celles-ci n'avaient pas le droit de prendre une décision ressortant du domaine médical, comme par exemple mettre une sonde urinaire ou une perfusion, donner des calmants à quelqu'un qui souffrait trop.

La nuit, deux veilleuses, souvent sans formation, devaient se partager le travail. On pouvait les trouver la plupart du temps tricotant ou sommeillant en bas, dans la cafétéria. Leur tâche était de passer au minimum une fois par nuit dans toutes les chambres. Elles devaient vérifier si tout allait pour le mieux, conduire quelqu'un aux toilettes, mettre le vase dans le lit de qui le demandait. Parfois elles devaient se mettre à deux pour ramasser un pensionnaire tombé à terre ou pour refaire un lit souillé. En cas de malaise, le ou la malade pouvait sonner, mais suivant où se trouvaient les veilleuses, l'attente était fort longue. Certains sonnant tout le temps, elles ne se déplaçaient que rarement.

En l'absence de l'infirmier-chef se succédèrent plusieurs responsables dont le moins que l'on puisse dire est qu'ils n'étaient pas vraiment à leur place dans ce secteur de soins. La pagaille s'ensuivit et une atmosphère de suspicion, parfois même de colère se mit à régner au sein du personnel qui accepta très mal la restructuration en cours.

Ma mère, très angoissée, tomba gravement malade pendant cette période de troubles. Une infection de la vessie. Fièvre. Faiblesse. Perte de mémoire. Incontinence. Elle ne pouvait plus se lever. Elle pleurait sans cesse et refusait de manger.

Malgré les antibiotiques, l'infection s'installa. Son ventre se mit à gonfler. On dut lui mettre une sonde dans la vessie. Une poche de plastique transparente sur le bord du lit recueillait son urine. Elle en fut terriblement humiliée. Sa fièvre redoubla. Elle se mit à délirer. L'infection se généralisa. La poche d'urine prit des teintes où dominait de plus en plus le rouge.

Ce fut alors qu'elle commença à demander à haute voix, comme une litanie : « Seigneur Jésus, aie pitié de moi et prends-moi auprès de toi. Seigneur Jésus aie pitié... »

Un matin de forte pluie, le téléphone sonna : « On emmène d'urgence ta mère à l'hôpital, me dit mon cousin, viens. »

Lorsque j'arrivai, l'ambulance se tenait devant l'entrée. Tous les pensionnaires étaient déjà au courant. Je ne pus en saluer aucun. Carlos et madame Schirder, les yeux pleins de larmes, attendaient près de la réception, pour lui faire ce qu'ils pensaient être un dernier adieu.

Dans la chambre, deux infirmiers soulevaient la malade qui hurlait de douleur et de peur : « Je vous en supplie, laissez-moi mourir ici, je vous en supplie, je ne veux pas aller à l'hôpital ! »

Jasmina, une aide-soignante que ma mère aimait beaucoup, toujours douce et patiente avec elle, accompagna la civière qui l'emmenait le long du couloir en lui caressant les mains et le visage. A la porte de l'ascenseur, elle la lâcha et tamponna ses yeux avec un pan de son uniforme blanc. Elle devait penser ce que chacun pensait : c'est fini, on ne la reverra plus.

Ma mère répétait sa litanie : « Où m'emmenez-vous, où m'emmenez-vous ? Je ne veux pas partir, je veux rester ici. Seigneur Jésus aie pitié de moi. »

Je tentai de la rassurer avec les banales paroles que chacun sans doute a déjà dites un jour à un proche gravement malade : « Ne t'en fais pas, c'est pour ton bien, là-bas, à l'hôpital, ils vont te soigner et tu vas guérir. Tu seras bientôt de retour, et tu retrouveras ta chambre. »

Au moment où on l'embarquait dans l'ambulance, elle se mit à crier : « Au secours, aidez-moi, je ne veux pas aller à l'hôpital, au secours ! Doux Jésus, aide-moi ! »

Je montai par l'arrière du véhicule et m'installai à ses côtés. Les infirmiers lui avaient fait une piqûre pour la calmer. Elle avait fermé les yeux. Elle ne disait plus rien. De temps en temps un frisson la parcourait spasmodiquement. C'est tout.

*

On la mit là par manque de place. Le centre hospitalier vaudois n'était pas encore tout à fait terminé et il manquait des chambres. L'hôpital gériatrique était en pleine réfection et réorganisation.

L'hôpital de nuit. Une horreur. Une scène moyenâgeuse, si ce n'étaient les tuyaux des sondes reliés à des appareils sophistiqués. Une longue chambre avec une vingtaine de lits, plus peut-être. C'est ici qu'arrivaient en urgence tous les accidentés de la nuit en attendant qu'on les achemine ailleurs le lendemain.

Vous entriez au sous-sol par l'arrière, dans la rue en contrebas. Une immense porte, gueule ouverte par laquelle s'engouffraient les ambulances et au-dessus de laquelle scintillait l'écriteau « URGENCES ». Très vite vous vous trouviez complètement perdu dans de longs couloirs bétonnés : vrai labyrinthe moderne. Vous vous renseigniez et vous n'enregistriez rien parce que les explications trop longues ne pénétraient pas votre mental angoissé. Vous erriez encore. Finalement une âme charitable vous prenait en pitié et vous escortait. C'est ce qui m'était arrivé le soir même de l'entrée de ma mère à l'hôpital.

Visites permises le soir entre dix-neuf et vingt heures. J'étais sortie de mon travail en fin d'après-midi. J'avais été d'abord chez moi. Je n'avais rien pu manger. Par deux fois la sonnerie du téléphone m'avait fait violemment sursauter. C'est de cette époque que vient ma phobie. Pendant des mois, pendant des années, j'avais craint, je craignais et je craindrai la mauvaise nouvelle.

De part et d'autre du couloir d'entrée de l'hôpital

de nuit, il y avait deux lits d'où sortaient une quantité incroyable de tuyaux transparents emplis de liquides aux couleurs diverses, surtout du rouge, du jaune, et du blanc, traversés parfois de petites bulles qui clignaient et pétillaient sous la lumière diffuse des lampes. Dans chacun des lits, une figure blafarde, où ce qu'on en voyait, avec ces tuyaux qui sortaient de toutes parts. Ce sont probablement les agonisants, m'étais-je dit, car tout à côté se trouvait le local des infirmières, séparé de la vaste pièce par une paroi de verre.

Une garde-malade me conduisit au lit de ma mère. On lui avait mis une perfusion au bras et une sonde dans le nez. Elle me regarda l'air complètement hagard mais cependant me reconnut parfaitement. Immédiatement elle me dit d'une voix étouffée : « Je t'en supplie... aide-moi... aide-moi ! » Puis elle se mit à pleurer et à gémir : « Doux Jésus, prends-moi avec toi. Doux Jésus, aie pitié de moi ! »

– Courage, maman, tu es malade en ce moment, mais tu verras dans peu de temps tu iras mieux et...

– Aide-moi, je t'en supplie, aide-moi !

– Mais maman, je suis là pour t'aider. Aie confiance, les soins sont excellents ici, et ils te sortiront d'affaire, tu verras tu pourras de nouv...

– Je t'en supplie, tu es ma fille, aide-moi ! Je ne veux pas rester là.

– Mais maman, comment puis-je t'aider ?

– Tu le sais bien... Tu le sais bien... Je t'en supplie, aide-moi !

C'est tout ce qu'elle me dit ce soir-là. Et j'entends encore sa voix me suppliant de l'aider. Et moi, totalement impuissante. Ne sachant que faire.

Sortie de l'hôpital, je ne savais plus où j'avais parqué ma voiture. En arrivant chez moi, j'ai ouvert une bouteille de rouge et j'ai bu. A nouveau le téléphone a sonné. Je n'ai pas eu la force de répondre. Je me suis couchée.

Cette nuit-là, j'ai rêvé pour la première fois que je la tuais. Avec un couteau. Horrible mélange de scènes de « La Petite Sirène » et de « La Condition Humaine ». Un rêve atroce. Je me suis réveillée en sueur, j'avais des palpitations. J'ai bu à nouveau un verre de vin.

En me réveillant le lendemain matin, le miroir me renvoya des yeux tout bouffis. C'est à peine si j'osai me rendre au travail avec cette tête-là. Des bains répétés d'eau froide me rendirent figure humaine.

A la pose de dix heures, on me demanda au téléphone. Je blêmis et me levai sans jambes... C'était la psychologue, au sujet d'un élève. Je ne comprenais rien à ce qu'elle me voulait. Elle a dû se dire... Je m'en fichais de ce qu'elle pouvait bien se dire.

Le soir, je retournai voir ma mère. Elle dormait. Je n'osai la réveiller. J'allai demander de ses nouvelles à la veilleuse assise à l'intérieur du local vitré. Elle me dit d'un ton désinvolte, levant à peine le bout de son nez plongé dans son journal : « Son état est stationnaire, la fièvre n'a pas baissé, elle est très faible. »

– Dois-je rester pour la nuit ?

– Non, ce n'est pas nécessaire. S'il y a quoi que ce soit, de toute façon on vous téléphonera.

En quelque sorte, j'étais soulagée. Mon immense peur était d'avoir à la veiller toute seule. Je suis restée un moment auprès d'elle, à écouter sa respiration légèrement sifflante. De temps en temps elle gémissait en dormant. Je lui ai caressé le front. Puis je suis partie.

Ce soir-là, j'étais en compagnie de mon frère cadet, venu depuis L'Isle en train. Tous deux nous entrâmes, après nous être inévitablement perdus dans les couloirs sans fin du sous-sol.

Nous nous dirigeâmes du côté du lit de maman. Elle n'y était plus. Le lit vide avait été refait. Mon frère est devenu vert.

– Viens, lui dis-je d'une voix sans voix, je crois savoir où elle est.

Et je l'entraînai dans le couloir d'entrée. Un des deux lits des soins intensifs jouxtant la salle de garde était vide. L'autre contenait une forme immobile dont on ne distinguait rien, excepté les tuyaux qui semblaient sortir de toutes parts. Je me penchai. Je fermai les yeux... Dieu merci ! Ce n'était pas maman.

Une infirmière est sortie. Je lui ai demandé si elle pouvait me renseigner quant à l'endroit où je pouvais trouver ma mère. J'avais envie de me boucher les oreilles tant j'avais peur de la réponse. Elle me parvint d'un autre monde.

– On ne vous a pas avertie. Elle a été transférée ce matin dans un autre hôpital. Ce n'est pas très loin d'ici.

Puis en voyant notre mine de papier mâché, elle ajouta :

– Je regrette beaucoup. Vous auriez dû passer ici avant d'entrer dans la salle. Veuillez aller à la réception, porte d'entrée principale. On vous fournira là tous les renseignements nécessaires.

Longs couloirs en sens inverse jusqu'à la porte des urgences. Marche rapide et automatique. Sans dire un mot ; de toute façon nous pensons tous deux la même chose. Contournons l'hôpital dinosaurien. Arrivons essoufflés dans l'immense hall. Plantes, fleurs, boutiques diverses, nombreux ascenseurs. On se croirait dans un hôtel de luxe.

A la réception, après avoir consulté le fichier par ordinateur, on nous donne aimablement des renseignements plus précis.

– Votre mère a été transférée ce matin à l'hôpital de Beau-Séjour, troisième étage, chambre 321. Vous sortez, montez une centaine de mètres la rue, vous tournez à gauche puis première rue à droite et vous y êtes.

Les jambes coupées, le souffle court, nous nous précipitons à l'adresse indiquée. Il est plus de 19 h 30 et les visites se terminent à vingt heures.

C'est à peine si nous osons frapper. Pas de réponse. Nous entrons. Une belle chambre claire. La télévision surélevée contre un mur. Deux lits. Dans l'un, une dame d'aspect assez sévère que nous saluons. Dans l'autre, une forme gémissante sur laquelle nous nous penchons.

On lui a enlevé la sonde d'alimentation du nez, mais il lui reste une perfusion dans chaque bras, pour l'hydrater et pour distribuer régulièrement les antibiotiques. Elle est pâle. Livide. Sur ses épaules, sa jolie liseuse rose. En nous voyant tous deux, elle esquisse un vague sourire de contentement. Sourire qui tourne vite au rictus.

– Bonjour maman ! Nous sommes bien contents qu'on t'ait transférée ici. C'est tout de même plus humain.

Pas de réponse. Des reniflements indistincts. Nous l'embrassons. Elle ferme les yeux. Je lui caresse le front. Mon frère lui prend la main. Elle ouvre les yeux. Ils sont tout petits, tout rouges. Elle tente à nouveau de nous sourire. Mon frère lui demande, après s'être raclé la gorge, d'une voix qui semble ne pas vouloir sortir : « Comment vas-tu ? » Un faible murmure lui répond : « Pas très bien »... Reniflements... « J'ai mal partout »... Reniflements... « Aidez-moi, je vous en supplie ! »... Ensuite elle ne dit plus rien. Elle est visiblement encore très affaiblie.

– Elle ne va pas bien du tout, nous dit sa voisine de lit, elle se plaint sans cesse. Parfois même elle crie. Et personne ne vient. Ils pourraient tout de même lui donner des calmants, je ne peux pas me reposer. Pauvre dame ! C'est comme pour moi, à peine opérée qu'on m'a mise ici. C'était bien les deux premiers jours, j'étais seule dans la chambre. Enfin, bien, c'est façon de dire, car pour les soins... Il faut tout faire soi-même. On nous dit de nous débrouiller, qu'on n'est pas les seuls, qu'ils n'ont pas le temps. Et que de toute façon il n'est pas bon que l'on s'infantilise. Vous savez, on m'a opérée dans le ventre, la totale, eh bien ! figurez-vous que j'ai dû me lever et monter mon lit toute seule, avec la manivelle, voyez, là, au pied, et ce n'est pas facile à manœuvrer, ça je vous l'assure. Soupir... C'est votre mère ? Qu'est-ce qu'elle a au juste ?

– Une infection de la vessie et de la polyarthrite déformante. Maladie douloureuse et invalidante.

Nous nous installons de part et d'autre du lit de maman. Nous lui racontons pourquoi nous sommes là si tard et combien il a été difficile de la trouver. Nous lui demandons si le transfert s'est bien passé. Elle n'a pas l'air de comprendre notre question.

– Mais oui, souviens-toi, ce matin on t'a changée d'hôpital. Tu n'es plus dans la même chambre maintenant et c'est bon signe, tu n'as plus toutes tes sondes, tu...

– Ils m'ont fait mal... Ils m'ont « brigandée »... Je

ne veux plus qu'on me touche... Je vous en supplie, aidez-moi !

Sa voix est faible, si faible. On dirait celle d'un tout petit enfant. Elle gémit et répète à plusieurs reprises :

– Je vous en supplie, aidez-moi. J'ai mal. Aidez-moi !

– Où as-tu le plus mal, en ce moment ?

– Partout... au dos... au ventre... j'ai mal... Aidez-moi... Je vous en supplie, aidez-moi !... Je ne veux pas mourir ici... Doux Jésus, prends-moi près de toi.

Reste vers elle, dis-je à mon frère. Je vais voir ce que je peux faire.

Je pars à la recherche d'une infirmière. J'en trouve deux, dans un local de verre au bout du corridor. L'une tricote et l'autre feuillette une revue. Elles me reçoivent très sèchement. Je vois bien que je les dérange. C'est du bout des lèvres qu'elles répondent à mes questions. Pour les renseignements médicaux, il faudra que je m'adresse au médecin. Il passe le matin. Oui, elle a encore de la fièvre. Elle se plaint tout le temps. Elle ne se laisse pas soigner... Des calmants ? Elle en a eu cet après-midi, elle en aura à nouveau pour la nuit... Non, on ne peut pas lui en donner plus, elle est trop faible.

Je sens bien qu'elles n'ont pas envie de me répondre. Le cas de ma mère les embête. Elles le font clairement sentir. Je m'en vais, découragée.

Lorsque je regagne la chambre, la télévision est allumée, le son résonne contre le mur nu, fort, trop fort. Michel Sardou. Incongru.

Tout en disposant les fleurs que mon frère lui a apportées, je demande à ma mère ce qui lui ferait plaisir. Elle ne sait pas. Rien, dit-elle, seulement ne plus avoir mal... et aussi... m'en aller d'ici.

– Ils sont méchants... Ils me brusquent... Ils me « brigandent » et ...et me grondent tout le temps... Aidez-moi... je vous en supplie !

Elle pleure doucement. Mon frère et moi ne savons que dire.

C'est vingt heures. Un jeune homme entre dans la chambre. Il vient enlever toutes les fleurs qu'il sort sur le balcon. Je lui demande si l'on doit déjà partir. Il me dit qu'on peut rester encore un moment. C'est une chambre semi-privée, l'horaire des visites est plus souple qu'en chambre commune, ajoute-t-il. Puis il souhaite gentiment bonne nuit à ma mère et à sa voisine et s'en va.

De beaux yeux bleus. Des cheveux blonds un peu fous. Une démarche de seigneur. Un souffle de beauté a passé dans la chambre. L'ange aux fleurs.

Mon frère parle de ses enfants et de son travail. Maman a fermé les yeux. Je ne sais pas si elle écoute. Mais oui, elle a entendu, elle dit : « Embrasse-les bien de ma part. »

Il est temps de partir. Elle dit : « Déjà ! » Je promets de revenir le lendemain après-midi. Je la réconforte du mieux que je peux. Nous lui souhaitons une bonne nuit, saluons la dame du lit voisin, et nous nous en allons, le cœur... lourd n'est pas un mot assez fort.

Après avoir refermé la porte, dans le couloir qui nous conduit à l'ascenseur, je dis à mon frère :

– J'ai bien l'impression que ce qui ne va pas, plus encore que sa maladie et ses douleurs, c'est son moral, qui est complètement à plat. Et ça fait un bout de temps déjà. Je crois qu'elle démissionnne... Comment l'aider ? Comment l'aider ?...

« L'ascenseur est là », dit mon frère. Il est blême.

Le lendemain, je viens en début d'après-midi. Le lit voisin est vide. Je préfère cela. Ma mère semble aller un peu mieux. Elle est assise à demi, le dos bien calé contre des coussins. Elle a l'air très contente de me voir. Elle me sourit. Je lui demande comment ça va. Elle me dit qu'elle a moins de fièvre mais ceci mis à part, ça ne va pas du tout. Elle ne veut pas rester là. Elle répète qu'ils sont méchants avec elle.

– Qui est méchant avec toi ?

Alors elle me raconte qu'une infirmière la gronde sans cesse, soit parce qu'elle ne se dépêche pas assez, soit parce qu'elle ne boit pas assez, ou encore parce qu'elle pleure trop.

– Tu sais, ce n'est pas de ma faute si je pleure, je ne peux pas m'en empêcher. Ça vient tout seul.

Lorsque je lui demande si elle a mangé quelque chose à midi, elle me répond qu'elle n'a pas pu ouvrir les services qui étaient sous emballage cellophane, mais que ça avait l'air bon. Quand l'infirmière est revenue, elle l'a grondée parce qu'elle n'avait rien mangé et a remporté le plateau plein. « Je n'ai pas osé lui dire... que je n'avais pas pu ouvrir l'emballage... et moins encore... que je ne pouvais pas manger toute seule... à cause de mes mains... Elles sont tout le temps... tellement pressées... ces infirmières. »

Je décide alors de rester pour le repas du soir qui va bientôt être servi et de lui donner à manger. Ce que je ferai jusqu'à la fin de son séjour à l'hôpital.

Vers quinze heures, une jeune infirmière apporte à boire. Je lui parle des repas. Elle me dit que je peux rester et que, oui, les services sont sous cellophane, question d'hygiène. Elle ajoute que l'infirmière responsable est un vrai cheval. Que personne ne peut la blairer dans le secteur, et que toute l'atmosphère de l'étage s'en ressent. Elle, pour sa part, ne va pas continuer à travailler ici. Elle est dégoûtée par ce qui s'y passe.

Elle s'en va et revient avec un pot de yaourt, s'assied au bord du lit et donne, petites cuillerées par petites cuillérées, à manger à la malade qui avale avec plaisir. Presque goulûment, en avançant ses lèvres comme un bébé nourri par sa mère. Cette scène me réconforte. L'infirmière me raconte qu'elle est française. Qu'elle a passé dans plusieurs secteurs, mais que celui-ci est le pire qu'elle ait vu, à cause de la chef, autoritaire et méchante... Elle soupire, caresse la main de ma mère et dit : courage madame, courage ! – Vous êtes bonne vous, murmure ma mère, merci !

Le pot de yaourt terminé, l'infirmière se lève et s'en va. Elle a l'air lasse et triste. Je l'accompagne à la porte et la remercie de sa gentillesse, lui disant que je regrette infiniment qu'elle parte. Puis banalement, comme lors des enterrements, j'ajoute en soupirant : « C'est toujours les meilleurs qui s'en vont. »

Le jour suivant, à peine suis-je arrivée que ma mère se met à pleurer. « Je veux partir !... Je t'en supplie... ne me laisse pas ici ! » J'ai du mal à comprendre ce qui lui est arrivé, tant elle hoquette en me racontant.

Ce matin même, une physiothérapeute est venue pour lui faire faire des exercices et elle l'a martyrisée. Elle voulait la forcer à plier les genoux, puis à se lever. Elle lui a fait si mal qu'elle s'est mise à crier et qu'elle est tombée par terre. La physio s'est énervée, et l'a grondée. Puis elle l'a assise au bord du lit et lui a tapé sur les genoux avec un marteau. Lorsqu'elle s'est mise à hurler, l'infirmière qui était venue aider la physio à la relever s'est aussi énervée.

Ma mère sanglote en me racontant cela. Elle répète sans cesse qu'elle ne veut pas rester là. Moi, j'ai de la peine à la croire. Je ne peux pas la croire. Il n'est pas possible de forcer une impotente à se lever, puis de l'insulter parce qu'elle tombe. C'est impossible qu'une chose pareille puisse arriver dans un hôpital. De plus on ne va pas frapper sur les genoux déformés et douloureux de quelqu'un avec un objet contondant. A moins d'être sadique.

– Maman, tu es sûre de ce que tu racontes ?

Elle sanglote tellement qu'elle ne peut pas me répondre... Elle dit : « Je veux mourir ! Je veux mourir ! Doux Jésus, aie pitié de moi ! Prends-moi avec toi ! »

Alors je file chez les infirmières pour leur demander des comptes. Je me fais à nouveau fraîchement recevoir. Oui, la physio est venue. Elle a dit qu'elle ne pouvait rien faire avec une patiente pareille. L'infirmière-chef n'était pas contente du tout, à la limite de la politesse. Quand on veut guérir, il faut d'abord se laisser soigner, dit-elle. Je bondis en entendant ça. « Quoi ! Forcer à se lever quelqu'un qui ne peut plus tenir sur ses jambes et qui est dans un fauteuil roulant depuis trois ans ! Et de plus lui frapper sur les genoux alors qu'ils sont déformés et douloureux. Mais c'est torturer les gens, ça ! Je vais porter plainte, moi ! » Je sors sans attendre de réponse. Je sens que je vais craquer et me mettre à hurler. Dans quel monde de fous est-ce que je me trouve ?

Rentrée chez moi, l'état dans lequel je suis est indescriptible. Je ne peux rien avaler. Comme ma mère, je pleure. Je pleure d'indignation, de révolte et d'impuissance.

Plus tard dans la soirée, j'appelle mon cousin par téléphone. Ma voix tremble en lui racontant ce qui se passe à Beau-Séjour avec ma mère. Je le prie, je le supplie de faire quelque chose. Le lendemain, il rappelle vers midi. Il a pu atteindre le médecin qui la soigne. Celui-ci avait été informé uniquement sur l'infection de la vessie. Le dossier, le dossier complet ne lui avait été transmis du centre hospitalier que ce matin. Il ignorait qu'elle était atteinte de polyarthrite chronique évolutive. Il a dit qu'il était désolé pour la physiothérapeute, et qu'elle n'était pas au courant non plus. Il a ajouté qu'il regrettait ce qui s'était passé, que ce n'était pas de sa faute, que l'hôpital était en pleine réorganisation, et tout n'était pas encore au point.

Voilà maintenant plus de deux semaines que maman est à l'hôpital. Elle a repris quelques forces. L'infection semble jugulée. Elle ne fait plus de fièvre et commence à manger davantage. Cependant son moral est au plus bas.

Au milieu de l'après-midi, je vois entrer un infirmier. Ma mère me chuchote : « Il est très gentil, celui-là. »

Il apporte ses médicaments et une boisson chaude. Il l'aide à boire. Elle ne peut tenir sa tasse toute seule, ses mains sont trop déformées, et de plus elle est encore très faible. Il est doux et affectueux avec elle. Il lui caresse les cheveux en lui prodiguant des encouragements.

Je bavarde un moment avec lui. Il confirme ce que

je savais sur le fonctionnement désordonné du secteur et hoche la tête, navré. Je parle du mauvais caractère de l'infirmière-chef qui donne le ton, d'où un certain « Je m'en foutisme » dans les soins, et ce qu'il y a de plus grave, un manque d'humanité.

Lorsque je lui demande si l'on ne peut rien faire, il hausse les épaules d'un air résigné et me répond que l'infirmière en question a le bras long et un protecteur influent dans la casbah. C'est sans issue. Elle joue au sergent-major partout où elle passe ; et ce n'est que lorsque l'atmosphère devient irrespirable, autant pour le personnel que pour les patients, qu'on la change de secteur. Il ajoute que ma mère n'a pas eu de chance, qu'elle est arrivée au mauvais moment. Il me conseille de l'enlever d'ici ; son infection étant jugulée, il lui faudrait seulement une bonne convalescence. « Moi, personnellement, je ne supporte plus cette mégère, ajoute-t-il sur un ton de confidence, et j'ai donné ma démission. J'ai été nommé dans un EMS près de Chexbres. J'aime beaucoup les personnes âgées. Elles sont sincères, comme les enfants. Et si touchantes... »

Je l'aurais bien embrassé. Mais comme à chaque fois que l'envie me prend, je n'ai pas osé. Je lui dis expressément combien c'est encourageant qu'il existe encore des personnes comme lui et le remercie de sa patience et de son dévouement.

Avant de partir, je promets à ma mère de faire quelque chose pour elle. Je ne sais pas encore exactement quoi, bien que j'aie déjà ma petite idée.

Le lendemain, le lit voisin est à nouveau occupé. Dedans, une très jeune fille qui me dit avoir à peine quatorze ans. Elle a l'air très tendue. Elle est entrée ce matin-même au centre hospitalier. On lui a fait des tas d'examens. Elle ne sait pas pourquoi elle est là, ni ce qu'elle a. On ne lui a rien dit. Dans ses yeux se lit une immense angoisse.

Moi, je suis consternée : mettre une presque enfant dans la même chambre qu'une dame âgée, une malade que la souffrance et la faiblesse font gémir et pleurer sans cesse, n'est pas pour donner confiance à cette pauvre adolescente, déjà affolée par ce qu'on lui cache. Celle-ci m'avoue d'ailleurs combien ça lui fait mal d'entendre les cris de douleur de sa voisine. Puis elle me raconte aussi combien on néglige ma mère. Tout à l'heure, c'est elle qui a dû se lever pour lui donner à boire. L'infirmière avait posé la bouteille d'eau minérale sur la table et s'en était allée après avoir expliqué que les malades devaient se débrouiller tout seuls, car si on s'occupait trop d'eux, ils s'infantilisaient et prolongeaient sciemment ou inconsciemment leur maladie.

Tiens, cette rengaine-là, je l'ai déjà entendue quelque part ! me dis-je en haussant les épaules.

En arrivant chez moi, ma décision est prise. Je ne peux plus laisser ma mère dans cet hôpital. Elle rentrera à L'EMS, quelles qu'en soient les conséquences.

D'ailleurs le jour précédent, le médecin m'avait dit que l'infection de la vessie était pratiquement jugulée, mais que les organes internes de ma mère étaient en fort mauvais état. Il avait dit encore qu'il ne fallait pas se faire d'illusions ; on ne pourrait pas la guérir complètement. Qu'elle tiendrait peut-être le coup encore quelques mois, au plus.

J'appelle mes deux frères par téléphone. Ils sont d'accord qu'un plus long séjour à l'hôpital, dans ces conditions, serait inutile et malsain.

Je téléphone ensuite à l'EMS et demande le directeur. Il est occupé, on me passe ma cousine. Je lui raconte ce qui se passe à Beau-Séjour. Elle est horrifiée. Je lui dis que mes frères et moi aimerions que notre mère revienne à l'EMS, afin qu'elle puisse finir sa vie dans un environnement plus humain. Le soir même mon cousin me rappelle. Il ira chercher ma mère avec une ambulance le lendemain dans la matinée. Il a donné des ordres pour qu'on lui prépare sa chambre.

Quel soulagement ! Et en même temps, je me sens envahie de scrupules. J'ai des doutes et j'ai peur. Puis je me reprends. C'est, me semble-t-il, la meilleure solution pour elle.

Ma mère, contente et rassurée de retrouver sa chambre, son environnement et ses amis, alla immédiatement mieux. Elle reprit de l'appétit. Son moral monta de plusieurs crans en quelques jours. Elle ne reparla plus jamais de l'hôpital. Un cauchemar qu'il fallait effacer.

Sa maladie infectieuse l'avait encore affaiblie ; il fut exclu désormais qu'elle prenne ses repas à la salle à manger. Elle ne pouvait d'ailleurs plus du tout manger sans aide.

Comme elle devait beaucoup boire, on lui fournit une tasse spéciale avec un bec verseur qu'elle arrivait tout juste à tenir entre ses deux mains déformées et sans force. Je passais mon temps à lui dire : « Bois maman, bois donc ! » Parfois elle se rebiffait. Mais j'insistais ; le médecin avait bien dit : énormément boire, trois litres au minimum par jour. Sa vessie ne reprit jamais son fonctionnement normal. On lui laissa la sonde. Sa poche à urine, qu'il ne fallait pas oublier de camoufler sous le drap du lit ou sous la couverture du fauteuil, la suivait partout. Lorsqu'elle recevait des visites, sa hantise était qu'elle fut visible. Souvent elle me demandait : « Elle est bien cachée ? » Oui, lui répondais-je, et je tirais un peu plus le drap ou la couverture. On se comprenait même souvent d'un seul regard.

Un beau jour, en fin d'après-midi, je rencontrai le pasteur de L'Isle à la cafétéria. Il était venu rendre visite à ma mère. Il avait été nommé au village peu avant son hospitalisation. Quant à elle, il y avait belle lurette qu'elle ne pouvait plus fréquenter la paroisse ni les cultes du dimanche. Il était venu la trouver une ou deux fois à la maison, à L'Isle, où je l'avais rencontré. Ma mère l'aimait bien. Elle m'avait raconté combien il était courageux. Sa femme gravement atteinte par la maladie devait rester alitée, c'était lui qui faisait les repas et tout le ménage dans la cure du village, immense et belle bâtisse aux volets verts et blancs que l'on atteignait par un chemin bordé d'arbres grimpant au-dessus de la Venoge.

Il avait appris par mon frère que notre mère avait été très malade, et que son moral était au plus bas. Il s'était donc permis, s'excusa-t-il, de venir la trouver pour tenter de la réconforter.

– Puis-je vous dire quelque chose de confidentiel madame ? me demanda-t-il subitement, une certaine gêne dans la voix.

– Oui, bien sûr.

– Vous ne le prendrez pas comme un reproche j'espère, alors, voilà... Il se racla la gorge... La première des choses que votre mère m'a dite, lorsqu'elle m'a vu entrer dans sa chambre, c'est : « Mon Dieu ! le pasteur ! et moi qui ne suis pas coiffée ! » Alors je me suis permis de fouiller dans sa table de nuit pour trouver un peigne, je l'ai arrangée un peu. Elle avait l'air si contente. Elle rayonnait de plaisir.

Elle m'a longuement remercié. Peut-être que... un peu de soin et de coquetterie ne lui ferait pas de mal. L'aspect extérieur reste important, envers et contre tout, vous savez, même si la malade n'ose rien demander.

Lorsque je rencontrai l'animatrice, grande organisatrice de nombreuses et diverses activités dans la maison, je lui demandai si elle croyait possible que la coiffeuse, qui vient une fois par semaine pour les pensionnaires de l'établissement, fasse une permanente à ma mère sans la bouger de son fauteuil roulant. Elle me répondit : « Bien sûr, je vais m'arranger avec elle. »

Trois jours plus tard, je la conduisais avec son fauteuil roulant au salon de coiffure de la maison : un large couloir de la nouvelle annexe, près de la chambre de bains. Elle ne se plaignit pas trop d'avoir à rester la tête en arrière. La coiffeuse put lui couper les cheveux et lui arranger une jolie tête toute frisée. Ma mère grimaça bien une ou deux fois pendant l'opération qui fut assez longue, mais elle était si contente d'être à nouveau présentable qu'elle en oublia presque ses douleurs.

Elle jubilait lorsque je l'amenai à la cafétéria pour prendre un café et un morceau de cake. La jeune Marina, une Espagnole qui servait au bar depuis plusieurs années déjà, la complimenta et vint l'embrasser pour la féliciter.

– Oh ! comme elle est mignonne, la madame Tante Jeanne ! Avec ces frisettes toutes courtes, vous avez rajeuni de vingt ans !

Ma mère rosit de plaisir. L'animatrice qui passait dans le couloir l'aperçut, vint à elle, la complimenta à son tour, puis profita de l'occasion pour lui demander si ça lui plairait de venir le lendemain matin à l'atelier préparer des cartes pour Noël.

Ma mère d'abord refusa, alléguant ses mains qui ne pouvaient plus rien faire, puis son état de faiblesse. Mais l'animatrice insista, disant qu'elle était sûre qu'elle y arriverait ; il n'y avait qu'à coller de belles feuilles mortes sur du papier cartonné. Elle demanderait qu'on la prépare après le petit déjeuner et viendrait la chercher vers dix heures dans sa chambre pour la descendre à l'atelier. De toute façon, il ne fallait pas qu'elle s'en fasse : elle l'aidera, si besoin est. Reconnaissante, ma mère accepta. Plus tard, dans sa chambre, elle me dit toute soucieuse :

– Tu crois que j'y arriverai, moi qui ne peux plus rien faire de mes dix doigts ?

– Mais oui, je pense. Ça n'a pas l'air bien difficile à faire, et coller quelque chose, je suis sûre que tu le peux encore.

Elle y arriva. Et même très bien. Le surlendemain, elle me montra avec fierté les six belles cartes doubles mises sous enveloppes : son œuvre, et presque sans aide, m'assura-t-elle. Elle m'en donna une, avec une magnifique feuille d'érable rouge collée très proprement en son milieu. Puis elle me demanda de l'aider à répondre à son courrier. Je m'exécutai et écrivis sous sa dictée. Elle put encore tout juste signer, d'une écriture tremblante et zigzagante.

Elle recevait beaucoup de lettres, que je devais toujours lui relire lorsque j'arrivais. Pratiquement tout son courrier évoquait ses douleurs et ses souffrances. Beaucoup d'expéditeurs mentionnaient qu'ils ne l'oubliaient pas dans leurs prières et demandaient à Dieu qu'il l'aide à supporter sa croix.

Ses sœurs et belles-sœurs, ses neveux et nièces, ses nombreux cousins et cousines, dont certains fort éloignés dans notre arbre généalogique, les gens du village, ses amis et amies d'enfance, ses camarades d'école... de nombreuses personnes pensaient à elle, surtout lors des fêtes.

Ma mère avait toujours cultivé ses relations de parenté, parfois fort lointaine. Avec une mémoire incroyable, elle tentait quelquefois de m'expliquer comment tel ou telle se trouvait faire partie de notre famille. La sœur du père de son grand-père qui avait épousé la belle-fille de... Je regrette maintenant de ne l'avoir écoutée que d'une oreille, car j'ai perdu de nombreux fils de l'écheveau de la filiation maternelle.

De temps à autre une rencontre des gens de la famille avait lieu qui réunissait parfois plus de cent personnes venues des quatre coins de la Suisse, et même d'Angleterre et d'Amérique.

Enfant, j'appréciais ces rencontres. Et je me souviens particulièrement de celles du Signal de Bougy, des Rochers de Naye et de la Vallée de Joux. Une fois adolescente, je m'en suis totalement désintéressée. Maintenant je le regrette.

Un beau jour, ma mère reçut une invitation pour une nouvelle rencontre organisée à Saint-Prex, avec une visite de la verrerie et une rétrospective en clichés de l'historique de la famille suivie d'un repas. La missive demandait qu'on envoie des photos récentes, ainsi que des photos d'ancêtres.

Il y avait très longtemps qu'une telle réunion n'avait eu lieu. Ma mère me pria d'y aller et de la représenter. Elle y tenait, ne pouvant y participer elle-même.

J'allai chercher à L'Isle le vieil album empli de photos contenant les souvenirs de mes grands-parents maternels, et nous choisîmes ensemble, ma mère et moi, celles que nous allions envoyer à l'organisateur de la rencontre : quelques photos anciennes, cartonnées et jaunies, sentant fortement le moisi. Puis nous choisîmes une photo récente de chacun de ses enfants et petits-enfants, et aussi une photo d'elle, souriante et attendrissante dans son fauteuil roulant, sous les frondaisons du parc de l'EMS. Cette séance me donna l'occasion de renouer avec notre histoire familiale, car ma mère commenta chaque photo avec force détails et anecdotes.

Lors de cette réunion, j'eus un plaisir tempéré de mélancolie, de tristesse même, portant au fond de moi le chagrin de ma mère restée enfermée dans sa chambre. Chacun me demandant de ses nouvelles, je devais sans cesse répéter la pénible et affligeante histoire de sa maladie et de ses maux.

Le soir même, je vins à l'EMS lui apporter le flacon de verre incrusté du blason de la généalogie de la famille que chacun avait reçu lors de la cérémonie d'ouverture. Il fallut tout lui raconter en détail. Et elle eut du plaisir par procuration, heureuse que j'y sois allée, perpétuant ainsi la tradition familiale. Elle me posa quantité de questions sur les participants et sur le déroulement de la manifestation.

*

Le brouillard, le vent et le froid firent leur apparition. Les fêtes de fin d'année approchaient. De nombreux signes les annonçaient. Des guirlandes de lumière dégoulinaient dans les rues et sur les places s'érigeaient d'immenses sapins décorés des inévitables bougies électriques. Des Pères Noël avaleurs d'enfants distribuaient des cadeaux-publicité dans les grands magasins. Partout les bonnes œuvres tendaient leurs mains pareillement vides et avides.

Une profonde nostalgie s'insinuait dans les couloirs et les chambres des pensionnaires de l'EMS. Ma mère s'assombrissait, et moi aussi. La fatigue. Les jours sans jour. Les nuits qui n'en finissent pas.

Dans l'établissement, les animations se suivaient les unes après les autres. Concert par une fanfare de village venue rendre hommage à l'un de ses anciens membres hospitalisé. Chants et musique par l'Armée du Salut. Chœur d'enfants, et productions diverses. Sociétés en tous genres venant mettre au point leur spectacle devant un public facile.

Les animatrices étaient sur les dents. Presque tous les après-midi on offrait aux pensionnaires de nouvelles distractions. Des guirlandes et des décorations de Noël firent leur apparition dans les couloirs, contre les portes des pensionnaires, à la salle à manger. Un beau sapin brillait dans l'entrée. Dessous, des quantités de cadeaux factices, pour faire plus vrai !

Cela n'empêchait nullement la tristesse et les regrets de s'installer sournoisement. Lorsqu'on ne vit plus que de souvenirs, comment avoir l'âme à la fête ? Le sentiment d'être un représentant de nulle part augmentait au fil des jours dans cet îlot de lumière artificielle peuplé d'âmes en peine qui s'efforçaient courageusement de paraître encore vivantes.

Les visites affluaient, endimanchées et anxieuses, les bras chargés de cadeaux. Beaucoup de têtes inconnues défilaient dans les couloirs, au salon ou à la cafétéria. On aurait dit que les gens se souvenaient subitement qu'ils avaient un membre de leur famille enterré au fond d'un lit et auquel l'on pouvait rendre visite, au moins pour soulager sa conscience, à l'occasion de Noël.

Le cuisinier Pierre me prépara une assiette afin

que je puisse tenir compagnie à ma mère lors de son repas de Noël.

On l'avait habillée et assise dans son fauteuil à onze heures déjà. A peine étais-je entrée que ma mère se mit à pleurer. Elle avait mal au dos et au ventre. Et probablement aussi, et surtout, à l'âme.

Je déposai sur la table de nuit une décoration faite d'une branche de sapin surmontée de deux bougies que j'allumai puis lui souhaitai : « Joyeux Noël ! »

Pour l'occasion, j'avais apporté ma guitare. Je m'assis et lui jouai « Voici Noël ». Ma mère m'écoutait, les yeux mouillés. J'étais si émue que je fis plusieurs fausses notes.

Puis, le cœur en congé, nous tentâmes d'avaler le repas spécial-fête préparé par le cuisinier. Par deux fois ma mère renversa de la soupe qui dégoulina de sa serviette jusqu'à sa robe. La tache ne voulut pas s'en aller.

Je lui donnai alors à manger. Une épreuve de patience. Elle mettait un temps infini à déglutir. Sur mon assiette, tout refroidissait et se figeait.

A deux reprises l'aide-soignante entra pour voir si nous avions fini. La deuxième fois je lui dis que je rapporterais la vaisselle moi-même à la cuisine, qu'il ne fallait pas qu'elle s'en fasse, que nous voulions pour une fois prendre notre temps. Elle cacha son impatience sous un air résigné, soupira, puis s'en alla. Elle n'avait pas l'air très contente ; c'était une nouvelle dans la maison.

Après le repas, j'offris les cadeaux : une paire de pantoufles doublées mouton et des chaussons roses, bien confortables, pour réchauffer ses pieds qui étaient toujours froids, même au lit. Surtout au lit, car on lui avait installé une barre qui surélevait son drap, sa couverture et son duvet afin qu'ils ne pèsent pas sur ses jambes douloureuses.

Ma mère était triste parce qu'elle ne pouvait plus faire de cadeaux. Elle voulut absolument me donner une somme d'argent pour que je m'achète une bague en souvenir d'elle. J'acceptai, le cœur gros comme ça.

A quinze heures, je la descendis à la salle à manger. Il y avait foule. Tous les pensionnaires et leur proche famille étaient rassemblés là, pour la traditionnelle fête de Noël de l'établissement. Je casai avec difficulté le fauteuil qui prenait la place de deux chaises, et me plaçai à ses côtés.

Elle était un peu affalée, toute de guingois, ayant glissé pendant la traversée de la maison. Impossible de la redresser toute seule. Finalement ma cousine vint à mon secours et nous pûmes tant bien que mal la remettre d'aplomb. Ma mère poussa un cri lorsque nous la prîmes sous les épaules pour la déplacer. Les gens nous regardèrent avec pitié. Les enfants avec une curiosité mêlée de dégoût. La vieillesse et ses maux n'est jamais belle à regarder de près ; elle fait peur.

Il y eut d'abord une distribution de feuilles polycopiées sur lesquelles les paroles des chants étaient écrites en grosse impression, la plupart des pensionnaires ayant des troubles de la vue.

La cérémonie commença par « Voici Noël », qu'une animatrice accompagna au piano. Bien vite elle dut ralentir le tempo.

Madame Rahut, sourde comme un pot, chantait à tue-tête et tout faux, en avance ou en retard par rapport aux autres. Je faillis attraper un fou-rire. Ma mère chantait aussi, mais sa voix tremblait tant que seul un filet sortait de sa bouche. Moi, je ne pus chanter. L'émotion était trop forte. Cette salle emplie de malades, d'impotents, de vieillards en bout de route chantant « Voici Noël, oh quel beau jour » avait quelque chose de si...

Le goûter fut copieux et délicieux. Des meringues avec de la crème fraîche, des tartes et des gâteaux à profusion. Puis il y eut la cérémonie. Des pensionnaires s'endormirent pendant le prêche. Certains ronflaient comme des hors-bord. De nombreuses têtes dodelinaient, se redressant sporadiquement lorsque les chants éclataient.

Ma mère grimaçait. Finalement elle m'avoua qu'elle n'y tenait plus et qu'il fallait que je la remonte dans sa chambre. Elle avait trop mal à rester assise depuis des heures dans son fauteuil. Sitôt dans l'ascenseur, elle se mit à pleurer, doucement.

Entre Noël et Nouvel An, elle eut continuellement des visites. Cela lui fit très plaisir mais bien sûr la fatigua. Elle reçut à profusion biscuits, chocolats, plantes, fleurs.

Les plantes, on les lui enleva immédiatement pour les placer sur la terrasse ; elles étaient interdites dans les chambres, mais on lui en laissa une, exceptionnellement. La température tropicale qui régnait en ces lieux dessécha et étouffa très vite les fleurs.

Je rangeai biscuits, chocolats et bonbons dans l'armoire. Chaque soir, elle en mangeait un petit morceau. Elle adorait les friandises, ma mère. Un vrai « bec à sucre ». Il fallait souvent que je lui sorte ses provisions afin qu'elle puisse jouir de leur vue et supputer le temps qu'elles dureraient. Je lui disais en riant : « T'en fais pas, tu en recevras d'autres. »

Chaque friandise portait le nom de la personne qui la lui avait donnée. Elle me disait : « J'aimerais goûter un des biscuits secs de la cousine Hélène ce soir. » Ou bien : « Reste-t-il encore des chocolats d'Édith, j'en prendrais bien un ? »

Pour chaque célébration de fin d'année, le personnel de l'EMS préparait une revue fort appréciée par les pensionnaires qui en parlaient encore longtemps après. Cette manifestation avait lieu à la salle à manger, arrangée et décorée pour la circonstance, et était suivie d'un bal pour tout le monde.

Cette année-là, le numéro le plus comique fut celui des hommes. Les rires fusèrent lorsqu'ils entrèrent, couverts de fanfreluches, habillés de robes à froufrous. Sur leur tête, une perruque blonde du plus bel effet et qui contrastait avec la superbe moustache noire qu'avaient deux d'entre eux. Des culottes à dentelles dépassaient de leurs jupons. Le cuisinier, son aide, le chef du personnel, le directeur et le directeur adjoint, le chef infirmier et deux aide-infirmiers... tous entrèrent en scène en dansant le french-cancan, levant haut et maladroitement leurs guibolles gainées de bas résille.

Les animatrices et les infirmières avaient préparé des sketchs qui furent très applaudis. Après le goûter, les pensionnaires furent invités à danser. Que l'Oncle Louis avait l'air guindé et ravi dans les bras d'une charmante animatrice. Rougissant comme un jeune homme à son premier bal, il regardait ses pieds afin de ne pas se tromper. La danse finie, il se permit deux baisers sur les joues de sa partenaire. Sitôt assis, il reprit sa pipe éteinte dont le bout tremblait étrangement dans sa bouche.

Le directeur dansa une valse avec madame Fizel qui avait revêtu pour l'occasion une longue robe mauve. Sur ses bras ruisselaient les franges argentées d'un immense châle. Quel panache encore, à nonante-cinq ans ! La tête droite, un sourire de Joconde sur les lèvres, elle s'appliquait à ne pas manquer un pas. Elle se tint ensuite sur le devant de la scène. Le silence se fit. Elle récita un poème où il était question d'une mère qui s'abîme les yeux sur ses tricots. Un long, un poignant poème.

Malgré un léger tremblement, sa voix, toute d'émotion, de fraîcheur et de tendresse, était porteuse d'une puissance naturelle. Le public lui rendit un hommage à la hauteur de sa prestation.

Ma mère, bien calée avec des oreillers, était ravie. Elle sourit à plusieurs reprises et même, en voyant les hommes déguisés en femme, elle rit franchement. Un rire qui me toucha d'autant plus qu'il était devenu si rare.

*

Un nouveau pensionnaire a débarqué au début de l'année. On l'a amené contre son gré. Il passa la porte presque porté sous les bras par deux infirmiers. J'étais là, par hasard. Cette scène m'a frappée de stupeur. On eût dit un malfaiteur traîné à l'échafaud par deux bourreaux.

Depuis la mort de sa femme survenue deux ans auparavant, il se négligeait complètement. Il avait un cancer des intestins avec des métastases un peu partout ; il n'allait pas faire long feu me dit l'assistante sociale qui l'avait accompagné.

L'air sombre et méfiant, pendant des jours et des jours il n'a pas desserré les dents. Même pas pour répondre aux salutations. Buté et têtu comme une mule, disaient les aides.

Au début, il refusa de se nourrir, de se laisser soigner, de répondre à quiconque. Il s'était enfermé derrière les barreaux d'un monde de refus et de solitude absolue. Sans doute tenait-il cette distance afin de ne plus être blessé à nouveau.

Il me faisait profondément pitié. Je lisais un abîme de tristesse au fond de ses yeux. J'ai tenté de l'aborder. Inutile. Il ne m'a pas même regardée. Il a desserré le frein de son fauteuil roulant, fait lentement demi-tour, et a glissé sans bruit, disparaissant au fond du couloir.

Un jour, j'en ai parlé au directeur, lui demandant :

– Mais qu'a-t-il ce pauvre monsieur Pierre, c'est la mort de sa femme, le fait d'avoir été placé dans un établissement, ou les deux ensemble, qui l'ont rendu si sauvage ? Parfois il me fait peur, tant il semble détester tout le monde.

– Non, non, ni l'un ni l'autre. Il a dû se séparer de son chien. Il en a fait tout un drame. L'assistante sociale m'a raconté qu'il hurlait qu'il fallait aussi le piquer, alors elle lui a promis que son chien serait confié au refuge SPA. Mais finalement il a bel et bien été achevé ce pauvre chien. Il était comme son maître, vieux et inconsolable. Nous lui avons caché la vérité, mais il se pourrait qu'il se méfie de quelque chose.

– Pourquoi ne lui a-t-on pas laissé son chien ? Un animal dans la maison aurait peut-être fait plaisir à beaucoup de monde. Avec tous les déchets de la cuisine, il n'aurait pas été bien difficile de le nourrir, n'est-ce pas ?

– Non, le règlement interdit les animaux quels qu'ils soient : chiens, chats, oiseaux, hamsters, souris blanches... Si tu savais le drame que font les gens avant qu'on les sépare de leur compagnon ! C'est souvent une véritable tragédie. Ça me fend le cœur à chaque fois. Certains ne s'en remettent pas. Ils meurent très vite. Ce fut le cas de madame Bardoux, tu ne l'as pas connue, madame Bardoux ? Non, impossible, elle refusait obstinément de sortir de sa chambre. Deux mois après son arrivée, elle mourait. Les derniers jours, dans son délire, elle parlait sans cesse de son chat.

Je n'avais pas pensé à ce problème. Et aucun pensionnaire ne m'en avait parlé. Sans doute par souci d'enfouir au plus profond de soi une blessure encore ouverte.

Alors par pitié je me suis engagée dans une histoire totalement farfelue. Ayant réussi à aborder « le sauvage », comme chacun déjà le surnommait, j'ai crevé l'abcès en lui parlant directement de son chien.

Il a commencé par baisser la tête, regardant obstinément ses souliers. Puis il m'a dit enfin :

– Puisque vous semblez aimer les animaux, est-ce que ce serait trop vous demander que d'aller le voir au refuge SPA ? Vous n'aurez qu'à demander le chien de monsieur Pierre qui a dû être hospitalisé, ils sauront bien le retrouver. Vous lui donnerez quelques caresses de ma part et vous lui parlerez de moi. Vous savez, je suis sûr qu'il comprendra, il est très intelligent. Et puis je vous demande aussi de bien leur dire là-bas... de... de ne pas le donner à quelqu'un d'autre. C'était dans le contrat oral passé avec l'assistante sociale : surtout ne pas le donner. Mon chien n'aimait que moi et n'aimera jamais que moi ; il serait très malheureux chez quelqu'un d'autre. Vous le leur direz, n'est-ce pas ? On ne sait jamais, des fois qu'ils oublieraient le contrat : ne pas le donner. Vous savez, il y a des gens qui maltraitent les animaux. De toute façon, un chien n'a qu'un maître au cours de sa vie, il lui est fidèle jusqu'à la mort, j'en suis certain. Et puis vous leur direz aussi, question nourriture, il lui faut...

Impossible de l'arrêter. Toute l'histoire de son compagnon à quatre pattes y passa. Par contre pas une seule fois il ne mentionna sa femme. Nous étions dans le couloir. Les gardes et les pensionnaires qui passaient nous regardaient avec curiosité. Les gens de la maison n'en revenaient pas.

Je lui fis la promesse d'aller voir son chien. Puis le quittai pour aller rendre visite à ma mère. La gouvernante me dit plus tard, qu'à sa grande surprise, il avait un peu mangé ce soir-là.

Je me retrouvai ainsi prise au piège d'une histoire tristement rocambolesque. Heureusement, ça ne dura pas longtemps.

J'avais été voir son chien à Sainte-Catherine, le refuge SPA, lui dis-je trois jours plus tard. Et je lui donnai des nouvelles de son cher vieux compagnon que j'avais trouvé un peu triste. Naturellement il s'ennuyait de lui, mais en fin de compte, il avait l'air de se porter assez bien. Je m'étais renseignée auprès d'un gardien. Au début, il n'avait rien voulu manger. Mais maintenant il s'était habitué et se nourrissait normalement. Vous savez, lui dis-je encore, je l'ai caressé de votre part, je lui ai parlé de vous. Il semblait comprendre. Et puis, là-bas, au refuge, ils sont très gentils avec les animaux. Il a un grand parc où il peut jouer avec les autres chiens. Il s'est même fait un copain qui s'appelle Lucky.

Alors monsieur Pierre a voulu savoir comment était ce copain. Et moi je brodais au fur et à mesure de notre conversation. Lucky était de taille moyenne, à peu près la grandeur de son Tobby. Il avait le poil ras, la queue et les oreilles frisées. Il avait l'air gentil...

Je suis sûre qu'il n'a rien vu de la supercherie. Au contraire, il paraissait très content. Il me serra la main en me remerciant à plusieurs reprises. Le lendemain de ma visite, il a absolument voulu me donner une partie de son argent de poche pour que j'achète des friandises et un bon morceau de viande pour son Tobby. J'étais gênée, je voulus refuser, mais il insista tellement que, craignant qu'il ne se méfie, j'acceptai. Je ne pouvais pas revenir en arrière. D'ailleurs lorsque j'allai au refuge pour leur porter l'argent, des Tobby, j'en vis plusieurs.

Régulièrement, au moins une fois par semaine, j'allais voir le chien de monsieur Pierre au refuge et lui en rapportais des nouvelles. La tâche me fut douloureusement facilitée ; monsieur Pierre a très vite décliné. Il n'était pas depuis deux mois à l'EMS qu'il devait s'aliter. Il était si faible qu'il ne pouvait plus marcher ni se tenir assis. En quelques semaines il fut enlevé par l'exubérance de ses cellules qui avaient sans doute eu pitié de lui. Ses dernières pensées furent, j'en suis sûre, pour son Tobby.

Menteuse. Menteuse par pitié pour quelqu'un en fin de vie. A-t-on le droit ? Je n'ai toujours pas de réponse. Et n'en aurai probablement jamais.

Je n'ai pas regretté ce que j'avais fait. Je me suis simplement demandé ce qu'il avait pensé lorsque, arrivant au paradis, il y avait retrouvé son ami Tobby.

Fidèle, fidèle jusque dans la mort ! a-t-il dû se dire en le serrant dans ses bras. Le vrai amour est don de soi. Don total de soi. Est-ce que seuls les animaux en sont capables ? Monsieur Pierre a l'éternité devant lui pour trouver réponse à cette question.

*

La maladie continuait sournoisement son travail de sape à l'intérieur des articulations de ma mère. Vint le jour où elle ne put plus du tout contrôler les mouvements de ses mains. Jouer au scrabble ou aux dames devint impossible, elle dérangeait tout le jeu en voulant placer une lettre ou un pion ; ses partenaires s'énervaient. Elle dut y renoncer.

Ses doigts ne pouvaient plus rien appréhender. Pas même un crayon. J'ai retrouvé dans ses papiers, après sa mort, un feuillet couvert de graffitis représentant sa signature : ultime tentative d'écrire son nom. Pratiquement illisible. Elle s'était acharnée. Tout le feuillet était empli de traits tremblants partant dans tous les sens. Le résultat était catastrophique. Des signes. Signes émouvants d'une existence qui s'effritait. Elle n'existait plus au nom de la loi, puisqu'elle ne pouvait même plus écrire son nom, me dit-elle un jour d'une voix désespérée et en même temps résignée.

« Non, non, tu n'as pas de nom... » La chanson d'Anne Sylvestre prend des résonances insolites. Début de vie, fin de vie, un cycle. Je ne peux pas regarder ce feuillet sans sentir quelque chose qui se décroche à l'intérieur de moi.

Ne pouvant plus rien faire, ni lire, ni écrire, ni tricoter, ni jouer, ni marcher, ni s'habiller, ni se laver, ni manger, ni boire, ni... sans l'aide de quelqu'un, il ne lui resta plus que la parole, dernier bastion de son autonomie. Et l'attente.

L'attente infinie de l'événement imprévu qui donnerait un sens à sa journée. Elle demanda aux gardes de placer son fauteuil à l'entrée de l'établissement, un peu en retrait de la large porte vitrée. Et elle attendait. Elle attendait que quelqu'un, une visite arrive. Elle attendait que j'arrive. Elle attendait sans cesse que j'arrive. Lorsqu'elle me voyait, son regard s'éclairait quelques instants, puis immédiatement s'assombrissait à nouveau, et elle me disait : « Tu viens seulement maintenant ! » Lorsque je repartais : « Tu pars déjà maintenant. »

Tous mes moments de loisir furent gâchés par la vision de ce fauteuil habité qui attendait derrière une porte. Mes loisirs devinrent de plus en plus rares et me coûtèrent de plus en plus cher. Cinéma, amis, leçons de piano, ski de fond... j'en payai le prix en hésitations, scrupules et remords. Partout et en tout temps, la vision du fauteuil, derrière la porte vitrée, du lit, derrière une porte fermée, m'accompagnait.

*

Elle eut septante ans. Nous organisâmes une réunion de famille pour fêter l'événement. Le directeur voulut bien nous louer un local pour cette occasion. Au haut de l'établissement, il y avait une salle aménagée sous les combles dans laquelle avaient lieu les célébrations d'anniversaire pour les nonagénaires et plus rarement les centenaires de l'établissement. Cérémonies officielles auxquelles prenait part la commune de Lausanne en envoyant un représentant et en offrant au choix : un fauteuil, une pendule neuchâteloise, une caisse de bouteilles de vin, ou encore une somme d'argent.

Nous y organisâmes un repas de midi. La proche famille fut invitée, ses deux sœurs et leurs maris, ses neveux et nièces, ses enfants et petits-enfants et même son arrière-petite-fille qui n'avait que deux ans, rayon de soleil éclairant la salle de sa fraîcheur et de son inconscience. Et l'on n'oublia pas son amie, madame Schirder.

La salle au matin déjà s'emplit de fleurs. Nous lui commandâmes un énorme gâteau. Nous savions tous que c'était son ultime anniversaire commémorant une dizaine entière. Et que pour ses huitante ans, ce serait vers un ailleurs inconnu que nous lui enverrions nos pensées.

On lui mit sa plus belle robe, et un peu de rose aux joues, oh ! très légèrement ! je ne voulais pas qu'elle ressemble à ces vieilles Américaines fardées outrageusement et qui sont des momies avant la mort.

La surprise, lorsqu'elle arriva dans la salle décorée à son intention, fut telle qu'elle se mit à trembler et ses yeux se mouillèrent. Cependant elle lutta courageusement contre les larmes et sourit à chacun.

Mon oncle aux longs cheveux blancs fit un grand discours en portant des toasts qui firent rire tout le monde. L'atmosphère se détendit. Le repas fut une réussite. Son petit-fils Jean-Jacques prit beaucoup de photos. Qui pouvait alors penser qu'un destin plus tragique encore l'attendait ?

Elle reçut des quantités de cadeaux : des fleurs en abondance, des chocolats, des eaux de toilette. Ce fut pour elle une grande fête.

Je la regardais. Je savais qu'elle luttait en permanence contre les larmes. Je sentais que, pour la dernière fois, elle tentait de gagner. Et elle gagna. Elle put faire illusion, une toute dernière fois, afin de ne pas gâcher cette journée.

Son état resta stationnaire quelque temps puis...

Puis subitement ce fut l'effondrement. Les graves dissensions qui sourdaient entre les membres du comité de la fondation de l'établissement et le directeur eurent pour conséquence le congé de celui-ci.

Eu égard à son état, je n'osai pas raconter à ma mère ce qui se tramait. Mais l'orage que traversait l'établissement fut tel qu'il passa au-travers des cloisons des chambres, sans doute par des bouches indiscrètes, et n'épargna pas les pensionnaires.

Une bonne partie du personnel démissionna par solidarité avec la direction. Un bouleversement total fit trembler la maison des fondations jusqu'aux poutres maîtresses.

Mon cousin et ma cousine s'en allèrent sans prendre congé des pensionnaires, pour éviter toute effusion.

De nombreuses personnes ne s'en remirent pas. Le directeur était très aimé, tant par le personnel que par les pensionnaires. Il offrait l'image d'un père ; on le voyait courir dans les couloirs, mais il savait rester disponible. Un mot drôle ou gentil et hop ! le courant avait passé.

Après ce départ, plus rien ne fut pareil. L'atmosphère bon enfant, familiale, disparut rapidement pour faire place à une rationalisation visant à encore plus d'efficacité. D'importants travaux de transformations emplirent la maison de bruit, augmentant encore l'insécurité de chacun.

Le moral de ma mère, déjà si précaire, tomba en chute libre dans un précipice d'où il ne remonta jamais. Sa santé mentale s'en ressentit très vite. Elle pleurait souvent. Elle recommença, chaque fois que ses douleurs devenaient insupportables, à invoquer Jésus pour qu'il la prenne avec lui.

Arrivant un jour en fin d'après-midi, je lus avec surprise un panneau affiché contre la porte de la chambre de ma mère qui demandait aux visites de ne plus apporter de sucreries, mais plutôt des savons ou de l'eau de Cologne. Les aide-infirmières avaient décidé de la faire maigrir, invoquant le fait qu'elle était trop lourde et que cela allégerait leur tâche.

Après avoir discuté avec elles, je vis qu'il n'y avait rien à faire. Ma mère devait perdre du poids, c'était trop pénible pour le personnel de la soulever, même à deux. De plus ce serait préférable pour sa santé, invoquèrent-elles pour terminer. Je n'avais aucun argument à leur faire valoir, si ce n'était celui du plaisir, un des derniers plaisirs que la vie pouvait encore lui offrir ; mais était-ce un argument valable, face à ceux qui utilisaient les termes d'efficacité et de bilans médicaux ?

Et voilà ! On lui enlevait la seule satisfaction qui lui restait : manger à sa faim et ce qui lui plaisait. Je me suis sentie impuissante devant cette mesure draconienne que je réprouvais car je l'estimais inhumaine. Alors en cachette, le soir, je lui donnais un bonbon, ou un carré de chocolat. Sa provision était restée impressionnante ; tout un rayon au haut de son armoire débordait de friandises.

Je veillais à ce qu'elle ait toujours une boîte de

chocolats ou un paquet de gâteaux secs dans sa table de nuit. Ma mère tenait à avoir auprès d'elle « un petit quelque chose à offrir aux visites », comme elle disait.

Elle trouvait toujours un prétexte pour prolonger ma visite au moment où je me levais et me préparais à partir. Elle avait subitement la gorge sèche, son dossier de lit était trop haut, l'oreiller de travers, l'ourlet de sa robe décousu, un bouton manquait.

« Tu m'donnerais pas un petit bonbon ? » me demanda-t-elle un soir au moment où j'allais m'en aller. « Mais oui, bien sûr, un instant ! » J'ouvre la porte de sa table de nuit, la boîte n'y est plus. J'ouvre la porte de son armoire, fouille, farfouille, trifouille. Plus rien. On lui avait enlevé toutes ses friandises, y compris les bonbons sans sucre.

Indignée, je file au local où se tiennent les aide-soignantes et demande la responsable de l'étage. Je lui dis ce qui s'est passé. Elle m'assure qu'elle n'y est pour rien et que jamais elle ne se serait permis – ni aucune de ses aides, elle s'en porte garante – de prendre quoi que ce soit dans l'armoire de ma mère. Elle insinue que c'est certainement celle-ci qui a tout mangé. – Mais c'est impossible, voyons, lui dis-je, ses provisions sont trop haut placées pour qu'elle puisse les prendre depuis son fauteuil. De plus, elle n'arrive même pas à ouvrir la porte de l'armoire, avec ses mains déformées.

– Une femme de ménage... une veilleuse ?... Non, je ne pense pas, elle risquerait sa place. Peut-être une visite, votre mère en a eu deux cet après-midi.

– Mais non, ma mère aurait vu. De plus aucune de ses visites n'aurait la lâcheté, l'ignominie de voler quelqu'un de si démuni. C'est impensable !

L'assistante-infirmière tapote du pied pour me montrer son impatience. Je n'ose insister plus longtemps. Je prends congé, fort perplexe.

Pour ses septante ans, son petit-fils Pierre-Olivier lui avait offert un vase de cristal orné d'une tête de cheval qu'il avait lui-même gravée aux travaux manuels de son école. Ma mère y tenait beaucoup et l'avait naturellement fait admirer à tous ceux qui entraient dans sa chambre. Eh bien, hop ! voilà qu'un beau jour, disparu, lui aussi !

J'en parlai à la responsable qui me conduisit droit au cagibi de l'étage, dans un angle des escaliers, me disant que c'était sûrement une femme de ménage qui l'avait mis par erreur avec les vases de la maison. On chercha dans l'armoire, on chercha : rien. Le vase s'était évaporé.

Lorsqu'elle l'apprit, ma mère éclata en sanglots. Ce cadeau de son petit-fils était un trésor inestimable. Malheureusement, on ne le retrouva jamais.

Les pensionnaires avaient droit chaque mois à une certaine somme d'argent de poche que la plupart dépensait en coups de téléphone, timbres-poste, extras de nourriture et de boisson à la cafétéria, ou plus rarement, en cadeaux.

Monsieur Henri et monsieur Édouard, eux, descendaient de temps à autre boire un verre dans le bistrot le plus proche. Ils remontaient la pente à petits pas, à tout petits pas, contents de leur escapade dans le monde des vivants ordinaires.

L'un des derniers bastions d'autonomie de ma mère, du moins je l'avais compris ainsi, était de pouvoir m'offrir une tasse de café et une pâtisserie à la cafétéria. Parfois, pour rire, nous nous battions pour savoir qui allait payer. Mais je cédais toujours, sachant combien c'était important pour elle.

Par contre, ses visiteurs ne percevaient pas toujours l'enjeu que représentait pour la malade ce petit acte social. Et ma mère insistait, insistait. Souvent sans succès. « Vous savez, j'ai encore de l'argent à moi, et ça me ferait plaisir de payer », leur disait-elle, ne comprenant pas la raison de leur refus. Il y a des circonstances où il est plus difficile de recevoir que de donner.

Un après-midi, lorsque j'entrai, ma mère était assise dans son fauteuil roulant vêtue de sa robe rose, le châle blanc que je lui avais rapporté de Grèce sur les épaules. Ce jour-là, l'animatrice avait prévenu les aides qu'elle passerait la prendre après l'heure du thé pour une conférence sur les animaux accompagnée de clichés qui avait lieu à quinze heures quarante-cinq à la salle à manger. On l'avait donc préparée pour la circonstance. Car il fallait maintenant une circonstance particulière pour qu'on l'habille. La plupart du temps, dans la journée, je la trouvais plantée dans son petit fauteuil Louis XV en chemise de nuit, sa liseuse sur les épaules et une couverture sur les genoux. Toute de guingois parce qu'elle s'était tassée en s'assoupissant, elle n'en pouvait plus d'être depuis longtemps dans la même position désagréable. Cela arrivait surtout pendant la sieste, après le repas, moment de congé des gardes. Elle pleurait doucement en me voyant. Je devais alors aller chercher quelqu'un pour la remettre au lit.

Ce jour-là, elle me demanda de la descendre à la cafétéria pour boire quelque chose avant la conférence.

– C'est moi qui t'invite aujourd'hui, prends mon porte-monnaie dans le tiroir de la table de nuit.

– D'accord lui répondis-je, mais c'est moi qui t'offre la pâtisserie.

Elle soupira.

– Je ne sais pas si j'ose, elle me gronde quand elle me voit manger en dehors des repas.

– Qui te gronde ?

– Mais elle, Catherine.

– Ah ! la grosse Catherine ! Eh bien ! fiche-toi de ce qu'elle peut bien dire, ce n'est pas elle qui commande ici. Elle n'est pas infirmière, ni même infirmière assistante, ce n'est qu'une simple aide. Elle n'a rien à commander !

– Tu crois ?

Ma mère, toute contente que je comprenne son envie de douceur et que je prenne la défense de son péché mignon, me dit : « Donne-moi mon porte-monnaie ! » J'ouvre le tiroir supérieur de sa table de nuit. Je farfouille, et le trouve finalement sous une pile de mouchoirs. Je le lui tends, mais d'un geste de tête elle le refuse et me demande de l'ouvrir pour voir ce qu'il contient.

Vide. Il était vide. Il n'y avait pour tout solde qu'une pièce de cinq centimes, une épingle de sûreté et un trombone. C'était moi qui avais été chercher son argent peu de temps auparavant auprès de la secrétaire qui gérait les comptes des pensionnaires. Ma mère m'assura qu'elle n'avait fait aucune dépense.

Après l'épisode des friandises volatilisées et du vase envolé, cette disparition me mit hors de moi.

C'en était trop. J'ai filé chez le nouveau directeur. Contre la porte, un écriteau indiquait qu'il ne recevait que sur rendez-vous. Peu m'importait, je sonnai tout de même. C'est un homme aussi charmant que poli qui vint me répondre. Et qui m'éconduisit aussi poliment que sûrement. Il était désolé, mais il n'avait vraiment pas le temps de me recevoir maintenant, il était sur le point de partir pour un colloque avec le personnel médical. Le lendemain ? Tous ses regrets, mais ça n'allait pas non plus, il avait le comité de la fondation qui venait le matin déjà pour une visite de l'établissement. Je pris rendez-vous pour le surlendemain en fin d'après-midi. « J'espère que votre mère va bien », me dit-il en se retirant sans attendre de réponse. La porte s'est refermée comme mue par elle-même. Je la regardai un moment, indécise. Un vague malaise au fond de moi, et beaucoup de questions sans réponse. Déconfite, j'allai chercher ma mère pour la descendre à la cafétéria.

Pendant que nous dégustons notre café et notre tranche de cake, passe la grosse Catherine. Je vois bien les gros yeux qu'elle fait à ma mère. Je ris et la salue avec une cordialité forcée tout en lui lançant : « Oui, on avait un petit creux ma mère et moi, il est délicieux ce cake ! » Elle n'ose rien rétorquer. Il ne faudrait d'ailleurs pas qu'elle essaie, elle se ferait bien recevoir. Elle paraît l'avoir compris et dit d'une voix de stentor : « Eh bien ! bon appétit ! Et... bonjour les calories ! »

Ma mère semble la craindre beaucoup ; elle n'ose plus manger, malgré mes injonctions pressantes. Elle me demande de finir sa tranche de cake. Je refuse. La grosse Catherine une fois partie, elle se remet à manger, mais du bout des lèvres. Je la boufferais bien cette fille, moi ! Et toute crue encore ! Alors là, vraiment ce serait : bonjour les calories et le gros lard !

Le soir avant de partir je glisse un billet de vingt francs dans le porte-monnaie avant de le replacer dans la table de nuit. Il n'y a rien de pire que de se sentir démuni. « Je te rembourserai », me dit ma mère.

Deux jours plus tard, le porte-monnaie est vide. Et ma mère me jure qu'elle n'a rien dépensé. Je la crois bien volontiers : comment l'aurait-elle pu ? Lorsque j'en parle à la responsable de l'étage, elle m'assure qu'un vol est impossible. Puis elle m'explique que de nombreux pensionnaires se plaignent de disparitions d'objets, mais que c'est dans leur tête que ça ne va plus. C'est ce qu'on appelle la manie de la persécution. Ma mère doit faire de l'artério-sclérose, maladie qui atteint les vaisseaux du cerveau et les détériore.

Et voilà, on va faire passer ma mère pour gâteuse. Facile comme explication. Et je réalise alors combien il est aisé de voler dans une maison comme celle-ci. On table sur le soi-disant gâtisme généralisé des vieillards. Les vieux, c'est comme les enfants, on ne les écoute que d'une oreille la plupart du temps.

Lors de mon entretien avec le directeur, il me conseilla de porter plainte car je n'étais pas la première à signaler la disparition d'objets dans les chambres des pensionnaires. Quant à lui, personnellement il ne pouvait rien faire. Il était désolé pour nous, mais ajouta-t-il, il était très difficile de prendre quelqu'un sur le fait, voire impossible.

Je suis donc allée déposer plainte contre inconnu au commissariat du quartier. Là-bas, un agent très poli prit toutes mes coordonnées ainsi que celles de ma mère. Un incident d'erreur de date de naissance me troubla profondément. D'après l'année de naissance inscrite dans le fichier du poste de police, ma mère devait avoir septante et un ans et non pas septante, comme je le lui avais indiqué. Je devais m'être trompée, me dit-il. Moi, fort émue par l'endroit où je me trouvais, je ne savais plus où j'en étais et n'arrivais pas à compter. Une franche idiote qui ne savait même pas l'âge exact de sa mère !

Me reprenant, je lui assurai que ma mère avait bel et bien septante ans et qu'il devait y avoir une erreur dans son dossier. Ce qu'il réfuta vivement. J'insistai, le priant de bien vouloir s'adresser au contrôle des habitants pour vérifier l'exactitude... J'avais la désagréable impression de devoir faire la preuve de mon innocence ! Délices de l'administration...

Après avoir enregistré ma plainte contre inconnu, l'agent me promit d'envoyer quelqu'un là-bas ; il y avait eu d'autres réclamations concernant cet établissement. D'ailleurs, ce n'était pas la première fois que cela arrivait. C'était chose courante dans les maisons de retraite ; quoi de plus facile que de voler une personne âgée sans défense ! Il me prévint encore qu'il ne fallait pas trop compter que les objets disparus soient restitués car il était très rare qu'ils arrivent à mettre la main sur le voleur ou la voleuse. Ce sont des maisons où il y a du passage, et où le personnel change souvent, ajouta-t-il.

Je pensais comme lui, mais au moins j'avais fait quelque chose, cela me soulageait. La venue d'un policier à l'intérieur de l'EMS empêcherait peut-être le voleur de récidiver.

Le malfaiteur ne fut pas retrouvé du vivant de ma mère. Ce n'est qu'incidemment, quelques mois après sa mort, qu'une animatrice rencontrée par hasard dans la rue me raconta qu'un scandale avait éclaté dans la maison : une aide-soignante avait été renvoyée immédiatement après avoir été prise la main dans le sac. Elle avait avoué être l'auteur des nombreux larcins constatés dans l'établissement.

Lorsque j'appris son nom, je fus extrêmement surprise. C'était la jeune femme que ma mère trouvait si gentille. Celle qui avait eu le plus de patience envers elle à la fin de sa vie. Celle qui avait fait montre d'affection à son endroit, lui envoyant des cartes postales de ses lieux de vacances, et lui donnant aussi une photo de son mariage, ainsi qu'une de sa petite fille. Ma mère l'aimait beaucoup.

Tout le monde avait été aussi stupéfait que moi, me dit l'animatrice. Jamais on n'aurait pu soupçonner cette fille si affectueuse et si dévouée.

En quelques semaines la grosse Catherine prit les rênes de l'étage. Sa forte personnalité cubique, sa voix de stentor et son aplomb impressionnaient tant que ses ordres n'étaient même pas discutés.

Ses constantes plaisanteries et ses airs « gentille fille toute simple qui vient de la campagne » la rendirent tout d'abord populaire. Elle se fit cependant assez vite détester par ceux qui n'appréciaient guère ses lourdes plaisanteries, ses coups de gueule quand quelque chose ne marchait pas à sa guise.

Très « soupe au lait », elle passait du charme calculé à la méchanceté la plus vulgaire en un savant mélange de saveurs douces-acides. Un pot de miel empli de vitriol.

Elle avait su se faire apprécier des responsables du médical en ne renâclant pas devant les tâches ingrates qu'elle expédiait à vive allure. Ses airs rigolards, sa fausse bonhomie avaient donné le change. Ce n'est que peu à peu que son caractère de cochon se manifesta. Lorsqu'elle fut sûre d'être devenue reine et maîtresse de l'étage, elle se mit alors à régner en tyran sur sa cour et ses sujets. Sujets d'autant plus faciles à dominer et à écraser qu'ils étaient sans défense.

Peu instruite mais maligne comme pas deux, elle sapa insidieusement tout ce qui avait été construit avant son arrivée pour imposer sa propre loi, impérieuse et rude.

Tous rampaient devant elle, y compris l'infirmière-assistante responsable de la bonne marche de l'étage. Fille menue, au tempérament sensible et fragile, elle capitula rapidement face à ce général usant de son artillerie lourde.

La grosse Catherine inspirait de plus en plus de crainte à ma mère qui se plaignait souvent de sa brusquerie. « Elle est méchante, elle me fait mal exprès », me disait-elle en pleurant.

Elle s'est fait renvoyer un mois après la mort de ma mère. Du jour au lendemain. Prise sur le fait. Pour sévices graves envers les pensionnaires. Une sadique.

Un jour que je mettais de l'ordre dans les journaux et la paperasserie qui s'accumulaient sur la petite commode et sur la table de nuit, j'ai vu la physionomie de ma mère subitement se figer et ses yeux devenir fixes avant de s'emplir d'une angoisse telle que je me retournai immédiatement pour voir de quel danger il s'agissait. La grosse Catherine venait d'arriver, sans frapper.

C'était l'heure des soins, avant le repas du soir. Ma mère me supplia de rester auprès d'elle, ce qu'elle n'avait jamais fait auparavant. J'hésitai... oh ! pas longtemps ! Je fus sèchement priée de quitter la chambre. Lorsqu'un ordre est donné sur un ton aussi rude, on s'exécute sans prendre le temps de réfléchir.

Au lieu d'aller boire un café en bas comme d'habitude, je fis les cent pas dans le couloir. A entendre ma mère crier, mon sang se glaça. J'entrai immédiatement.

La grosse Catherine lui massait les pieds et les jambes avec une pommade contre les escarres. Ma mère pleurait en invoquait la pitié de Jésus cependant qu'elle se faisait molester. « Aide-moi, aide-moi ! » cria-t-elle en me voyant.

Lorsque je demandai des explications au sujet des cris entendus, la grosse Catherine me répondit : « Votre mère est difficile à soigner, elle devient de plus en plus douillette. Mais ne faites pas attention, lorsque je la soulève, elle crie toujours, une sale habitude qu'elle a prise et qui d'ailleurs m'énerve. Elle crie avant qu'on la touche. »

Ma mère m'avoua ensuite que Catherine l'avait grondée parce qu'elle allait encore à la cafétéria avec moi pour manger des pâtisseries, et qu'il ne fallait plus que ça se reproduise sinon... Elle l'avait brusquée comme jamais. « Mais ne dis rien, me supplia-t-elle, j'ai peur qu'elle se venge sur moi. »

J'allai derechef vers la responsable qui me rassura, me disant que Catherine était une bonne soignante, qu'elle avait de la force, et que c'était pour cela qu'on la prenait souvent pour s'occuper des impotents un peu lourds. Si elle semblait parfois un peu brusque, elle n'était en tout cas pas méchante, ma mère se faisait des idées. De toute façon, il était impossible de la toucher sans lui faire un peu mal, ses escarres aux talons n'étaient plus que plaies ouvertes qu'il fallait absolument soigner. La crème qu'on lui mettait devait à la longue les sécher. Bon d'accord, lui répondis-je, mais comment se fait-il qu'avec quelqu'un d'autre, ma mère ne se plaigne pas autant ? – Oui, bien sûr, il y a des personnes qui ont la main plus douce que d'autres, fit-elle en soupirant. Je regrette pour votre mère, mais Catherine est la seule qui puisse la soulever. Lorsqu'elle n'est pas là, on doit s'y mettre à deux pour la changer de position.

Je n'étais pas entièrement satisfaite, et me sentais mal à l'aise. D'une part, je n'osais plus tellement aller me plaindre dans le local des infirmières parce que je sentais que je n'y étais pas toujours la bienvenue. Il y avait eu le mystère des vols, toujours pas résolu. Et aussi l'histoire du régime. D'autre part, je devais reconnaître que ma mère, paralysée, souffrant de partout, était un cas difficile pour ces jeunes filles. Je devais user envers elles de diplomatie afin de ne pas les buter. Je savais pertinemment sur qui les retombées allaient se déverser, si elles prenaient la situation en grippe. Je devais mettre mon poing dans ma poche. Il le fallait.

Par la suite, je me suis traitée de lâche. J'aurais dû en parler directement à l'infirmière-chef ou au directeur. Il reste que je n'ai jamais imaginé l'inimaginable, le sadisme chez une soignante.

Ma mère prenait du temps pour mâcher avant d'avaler la nourriture. Elle prenait du temps pour tout en fait. Toutes ses fonctions physiques semblaient ne fonctionner qu'au ralenti. Elles ne semblaient pas, elles fonctionnaient toutes au ralenti.

On lui enlevait son dentier lorsqu'elle sommeillait ; et ce y compris pendant la journée. On ne le lui remettait que pour les repas, ou lors d'une de ces manifestations pour lesquelles de temps à autre encore on la préparait, l'habillait et l'installait dans le fauteuil roulant plié habituellement derrière la porte, dans le couloir. Ordre en était alors donné par l'intermédiaire de l'infirmière-chef à la responsable du service médical de l'étage.

Sans le dentier qui soutenait ses mâchoires, sa bouche s'affaissait, ses lèvres rentraient à l'intérieur, et on lui donnait vingt ans de plus. J'avais le cœur qui se serrait quand je la trouvais comme ça, ce qui arrivait de plus en plus souvent. Et que dire de ma mère qui, de temps à autre, demandait un miroir, s'observait, puis secouait tristement la tête, sans faire de commentaire. Parfois elle disait avec une compréhension résignée : « Tu vois, elles n'ont pas le temps de me le mettre, et puis elles disent que c'est mieux comme ça car je risque moins de me blesser les gencives. » Les mots chuintaient dans sa bouche dégarnie.

Un soir, j'arrivai après le souper, vers dix-huit heures. Ma mère ne répondit pas à mon salut. Elle roulait des yeux de perdue, des yeux de folle. Elle pleurait. Elle n'arrêtait pas de pleurer. Je lui demandai à plusieurs reprises ce qu'elle avait.

Où avait-elle mal ?

– Où as-tu mal maman ?

Finalement, elle parvint à hoqueter, on eût dit qu'elle ne pouvait plus parler : « L...à... l...à..., ...egar...de... Et elle ouvrait une bouche de poisson mourant. Je regardai... Et j'aperçus, coincé entre ses deux gencives toutes rouges un gros morceau de viande !

On ne lui avait pas remis son dentier pour manger. On lui avait coupé sa viande en petits morceaux qu'elle ne pouvait mâcher, évidemment. Alors elle s'était efforcée de les avaler tout entiers. Un morceau plus gros que les autres n'avait pas passé. N'osant le recracher, elle l'avait conservé dans sa bouche jusqu'à mon arrivée. La grosse Catherine, encore elle, l'avait tant pressée d'avaler, et ma mère avait si peur d'elle, qu'elle s'était exécutée sans oser rien dire. Manger sans dents !

Le morceau était coincé au fond de ses gencives depuis plus d'une demi-heure. J'eus de la peine à le lui enlever. Sitôt le corps étranger extirpé, elle se mit à parler normalement. Pas longtemps. Car elle recommença à pleurer, à sangloter même, tout en tentant de me raconter combien cette fille était méchante avec elle. Elle ne lui laissait pas le temps de manger. Souvent elle repartait avec le plateau presque plein. J'étais suffoquée d'indignation. Mais avant de me plaindre et à un niveau plus élevé cette fois, il me fallait des preuves.

Je décidai donc de venir plus tôt le lendemain. J'arrivai juste comme la grosse Catherine sortait de la chambre, à cinq heures dix. Elle tenait le plateau chargé de nourriture dans ses mains. Je lui dis, faussement naïve : « Ma mère n'avait pas d'appétit aujourd'hui, j'espère qu'elle n'est pas malade ? » Et elle eut le culot de me répondre : « Oui, ça doit être ça, je lui mettrai le thermomètre tout à l'heure. »

Bien entendu, ma mère n'avait rien mangé parce qu'on n'avait pas pris la peine de l'aider à se nourrir. La grosse Catherine s'était énervée et lui avait dit : « Bon, puisque c'est comme ça, je remporte le plateau, ça vous apprendra à vous dépêcher ! » Ces façons de faire étaient devenues de plus en plus courantes ces derniers temps. Ma mère me l'assura. « Tu dois me croire, je suis peut-être infirme, mais pas encore gaga. » Je la croyais. Sa parole contre celle du médical. Délicat, très délicat problème...

Mais cette fois-ci la coupe était pleine. Je bondis chez l'infirmière principale, qui avait son bureau dans l'autre aile du bâtiment, pour lui raconter ce qui était arrivé. Je lui racontai aussi tout ce que j'avais sur le cœur concernant la grosse Catherine. Et pour terminer, je lui signalai que j'avais l'intention d'écrire au directeur pour qu'il sache ce qui ce passait sur cet étage. Elle tenta de me calmer. Puis elle fit demander que l'on monte quelque chose de la cuisine pour que je puisse donner à manger à ma mère.

Elle tenta aussi, plutôt faiblement, de disculper la grosse Catherine, invoquant son absence de formation, disant qu'on ne pouvait lui demander plus que ce qu'elle pouvait donner. Pour sa part, elle lui signifierait bien son congé, ajouta-t-elle, mais c'était difficile de trouver quelqu'un qui la remplace. Et d'autre part, il fallait une faute grave pour justifier le renvoi de quelqu'un. Elle me dit encore qu'elle allait lui donner un sévère avertissement. Moi j'avais peur qu'elle se venge sur ma mère et je la priai d'être prudente. Surtout que Catherine ne sache pas d'où venait la plainte. Elle me le promit, et me promit aussi de mieux la surveiller.

A partir de ce jour-là, la plupart du temps la grosse Catherine ne vint plus seule dans la chambre de ma mère, mais accompagnée d'une aide-infirmière gentille, douce, à la voix soyeuse. J'étais soulagée. Et ma mère donc !

A l'heure des soins, je vis une ou deux fois l'infirmière-chef dans le couloir ou dans le local du médical. Elle prit en outre la peine de venir rassurer ma mère.

*

Je dus me boucher le nez en entrant. Une odeur fétide caractéristique empuantissait la chambre. J'ouvris tout grand la fenêtre puis j'allai à la recherche de quelqu'un pour qu'on lui changeât le lit avant le repas.

Je rencontrai une aide dans le couloir qui me répondit que les repas allaient être servis, que ce n'était pas le moment. Ma mère souffrait de diarrhées et elle avait déjà été changée en début d'après-midi. On la changerait de nouveau pour la nuit.

Ma mère se mit à gémir : « Je ne peux pas manger dans cet état, ça pue, j'en suis toute pleine, il y en a dans ma chemise, sur mes jambes et dans le lit. » Je voulus soulever le drap, mais avant que j'aie pu faire un geste elle cria : « Non, non, je te l'interdis, tu entends, je te l'interdis ! »

Le souper arriva. « On ne l'a pas encore changée ? » remarqua l'assistante qui entrait avec le plateau. « Non, fis-je, j'ai été chercher quelqu'un il y a un quart d'heure, mais personne n'avait le temps. » Ma voix tremblait. Je me retenais d'exploser. « Je suis désolée pour vous », fit l'assistante qui n'y pouvait rien. Puis elle monta le dossier du lit, dit en se penchant au-dessus de ma mère : « Courage Madame, on vous changera sitôt le boum des repas terminé ! » et s'en alla en omettant le : « Bon appétit ! » habituel lancé depuis le pas de porte.

Je dus lui donner à manger et à boire dans cette atmosphère puante, ce relent insupportable. Ma mère, évidemment n'arrivait pas à avaler. Elle pleurnichait. Elle avait honte, honte vis-à-vis de moi, me dit-elle à plusieurs reprises. « Ce n'est pas de ta faute, mange encore un peu de salade », lui disais-je, tout en pensant au fond de moi-même : bien assaisonnée au pipi-caca.

Environnée de ces exhalaisons, j'avais mal, si mal pour elle que mes propres tripes se nouaient. Allais-je me vider, moi aussi, ici ? A chaque cuillerée que je lui tendais et que bravement elle avalait pour ne pas me peiner, mes mains tremblaient presque autant que les siennes.

En arrivant chez moi, je vomis, longuement. De dégoût et de désespoir.

*

Il y avait des jours où on ne la levait même plus pendant l'après-midi pour la mettre dans son fauteuil. La seule chose qu'elle désirait était qu'on la laissât tranquille, moins on la touchait et mieux ça allait, disait-elle.

A force de rester trop longtemps couchée, elle eut des escarres qui se formaient un peu partout. Depuis quelques mois déjà, ses talons étaient atteints et avaient des plaies ouvertes épouvantables à voir. Ses pieds gardaient constamment une teinte bleu-violet. Afin qu'ils ne se gangrènent pas, on continuait à lui faire des massages réguliers avec un baume.

Deux fois par semaine, on la descendait le matin au

local de la physiothérapeute qui lui faisait faire des mouvements avec ses orteils et ses chevilles. Elle lui faisait faire aussi des exercices pour les mains, les épaules et la tête que ma mère devait régulièrement exécuter dans son lit.

Nous faisions parfois les exercices ensemble. Tourner les mains autour des poignets et les pieds autour des chevilles, tenter de bouger les orteils, les doigts, « comme si elle voulait jouer du piano », lui avait expliqué la physiothérapeute.

Cependant, les escarres continuaient à se former et elle ne savait plus quelle position prendre pour avoir moins mal. On lui installa un matelas d'eau et une alaise sous ses draps. On la bourra de calmants et de cortisone. Cela l'endormait passablement. Il devenait difficile d'avoir une conversation suivie avec elle. Elle se mit à enfler. Elle avait maintenant une tête bouffie : elle devenait méconnaissable. J'étais horrifiée.

Les médicaments n'étaient plus d'aucun effet sur les diarrhées dont elle souffrait maintenant continuellement. « Ses organes se détériorent de plus en plus », disait l'infirmière-chef d'un air las, résigné.

Elle pleurait. Elle pleurait presque continuellement. Il arrivait qu'elle pleurât tout au long de ma visite. Parfois sans raison, me semblait-il. Ce sont les médicaments qu'on lui donne qui font cet effet-là, me disait l'infirmière.

Sans cesse aussi elle grimaçait. Sans ses dents, avec l'affreux rictus qui se formait peu à peu au coin de ses lèvres qui s'affaissaient, elle ressemblait de plus en plus à une sorcière.

Il y eut de moins en moins de visiteurs. Cela leur faisait trop mal de la voir dans cet état. Un de ses petit-fils ne venait plus la voir ; c'était au-dessus de ses forces. Ses petites-filles ne venaient plus seules, au sortir des cours, comme elles le faisaient auparavant.

« Quand tu vois ta pauvre maman, n'oublie pas de lui dire combien on pense à elle, à son martyre », me disait-on de plus en plus fréquemment.

Par contre, on me téléphonait pour avoir de ses nouvelles. Ses innombrables cousins et cousines, les membres éloignés de la famille, les amis de la famille, les connaissances, les gens de L'Isle...

En rentrant de l'EMS le soir, je devais encore me répandre en détails douloureux au téléphone. Et il fallait raconter ; raconter les douleurs, les douleurs, les douleurs... J'en vins, certains soirs, à ne plus décrocher le téléphone.

Bien sûr, vivant à Lausanne c'est moi qui venais la trouver le plus souvent. Mes frères, pour me soulager, m'avisaient lorsqu'ils avaient l'intention de venir lui rendre visite. Pour eux, c'était plus compliqué : ils n'avaient de voiture ni l'un ni l'autre. L'un habitait près de Genève et l'autre au pied du Jura. Et c'était toute une expédition que de venir à Lausanne. Heureusement, les derniers mois, la famille de L'Isle put venir en voiture. Ce qui simplifia les choses. Surtout quand il fallut la veiller.

*

Puis il y eut les troubles de la parole. Un mot dans la phrase prenait de plus en plus souvent la place d'un autre. Il fallait parfois un moment pour réaliser ce qu'elle avait voulu dire. Elle se trompait dans les prénoms.

Un jour, elle eut de la peine à prononcer certains mots. Ses phrases devinrent incompréhensibles. Je finis par remarquer qu'elle remplaçait un mot par un autre, un mot de sens contraire ou alors lui ressemblant euphoniquement. Lorsque je la reprenais, elle me répondait que c'était bien ce qu'elle avait dit. Parfois elle réalisait qu'elle s'était trompée.

Elle disait : « Hier, j'ai eu la visite de *mon* frère », au lieu de *ton* frère. Puis cela devint plus grave : « Hier, j'ai eu la visite de mon *mari* », pour la visite de mon *fils*.

Son discours devint de plus en plus incohérent. Cela prit des mois jusqu'à l'aphasie totale. Chaque mot qu'elle perdait faisait progresser la panique qui m'envahissait.

Naturellement attentive à ces troubles du cerveau qui lui détruisaient petit à petit les centres nerveux de la parole, je remarquais un désordre progressif dans la construction de la phrase. Elle inversait ou mélangeait les termes : « Hier j'ai fils mon visite eu la. » Les gens ne la comprenaient plus. Moi, je lui faisais répéter lentement, et je prenais des notes pour retrouver son message.

Le médecin parlait de sénilité précoce. J'étais presque sûre que ce n'était pas cela. J'avais assez entendu de vieillards radoter, depuis le temps que ma mère était hospitalisée. Leur mémoire s'en allait. Ils ne savaient plus ce qu'ils disaient. Ils perdaient peu à peu le contrôle de leur esprit. Mais ma mère, c'était autre chose. Son esprit, elle l'avait toujours, on eût dit que c'était essentiellement ses facultés d'expression par la parole qu'elle ne pouvait plus contrôler. Le pire, c'est que souvent elle s'en rendait compte. Elle s'énervait lorsqu'on ne la comprenait pas. Et les mots sortaient alors à toute vitesse, tous mélangés, tous estropiés.

*

Elle avait maintenant beaucoup maigri. Une outre vide. Sa peau se chiffonnait, se plissait et pendait tout autour des os.

Ses escarres augmentèrent. Elle en avait à présent un peu partout, aux jambes, aux cuisses, aux fesses, au dos et aux coudes. Sa peau devenait de plus en plus parcheminée et fragile, elle se pelait par morceaux entiers. Souvent un liquide ressemblant à de l'eau trouble suintait des plaies.

Elle ne supportait plus le contact du drap ni celui du duvet. Une barre de bois, bricolée dans la maison, lui apporta temporairement un peu de soulagement. Fixée sur le châssis du lit, elle permettait d'y déposer le drap, la couverture et l'édredon sans qu'un frottement puisse la blesser. Il y avait un vide d'air entre son corps, cette plaie ouverte, et le dessus du lit. Mais elle avait froid. On lui mit une couverture chauffante.

Deux nuits de suite, la veilleuse la trouva en bas du lit, gémissant sur le tapis. Le matelas d'eau voguait un peu. On dut remplacer son lit par un lit-cage, avec des barreaux tout autour. La journée, en principe, on pouvait lui enlever les barrières de chaque côté, ne serait-ce que pour pouvoir l'embrasser ou lui donner à manger.

Chaque fois que je la voyais dans sa cage, je pensais à mon enfance, ma toute petite enfance. Et me souvenais de ma fierté lorsque mes parents avaient décidé que j'étais assez grande pour avoir un lit normal. Je devais avoir quatre ans. Peut-être moins.

On la plaçait encore quelquefois dans son fauteuil. C'était surtout les jours où l'on changeait de fond en comble la literie. Parfois elle y restait plantée toute la sieste, temps mort dans la maison. Et je la revois toujours, tassée comme un tissu vide que le vent a poussé et chiffonné. Toute de guingois, la tête presque à hauteur d'appuie-bras. Lorsque j'entrais, elle avait encore la force de me murmurer : « Aide-moi ». Et alors je devais courir dans la maison à la recherche de quelqu'un susceptible de m'aider à la redresser ou à la coucher, car en général elle n'en pouvait plus. Une pitoyable loque. Avec une tête dessus.

Jamais je n'oublierai le jour où je la retrouvai comme ça, affalée toute de travers sur son fauteuil près de la fenêtre ouverte. Dans ses yeux, une épouvantable épouvante. Sa bouche s'ouvrait et se refermait sans qu'un son n'en sorte.

Finalement elle put parler : « Là, elle... elle est là ! » Elle ne pouvait en dire plus. Tout son corps tremblait. Elle semblait terrorisée par quelque chose. Faiblement sa main se leva et elle répéta : « Là... elle est là... »

Je cherchai, tournant dans tous les sens, et je la vis au moment où elle reprenait son vol. Elle se mit à bourdonner et à voler autour de ma mère.

Non, jamais je n'oublierai son air de terreur en regardant les circonvolutions de l'insecte qui semblait attiré par elle, peut-être par l'odeur d'eau de Cologne que l'on utilisait pour la rafraîchir.

L'abeille se posa sur son bras. Je criai : « Ne bouge pas, surtout ne bouge pas ! » Au bout d'un moment qui nous parut infini, elle fit jouer ses ailes, de plus en plus vite, jusqu'à n'être plus qu'une vibration de l'air. Puis elle s'envola pour se poser sur le dossier du fauteuil, à côté de la tête de ma mère. Je hurlai : « Ne bouge pas la tête ! »

Après quelques secondes d'intense angoisse de part et d'autre, trouvant d'elle-même la sortie vers la liberté, l'abeille s'enfuit tout droit, et sans aucune hésitation, par la fenêtre.

L'arbre en contrebas en était plein, l'air tout

autour vibrionnait de leurs battements d'ailes et de leurs bourdonnements incessants.

Je demandai qu'on n'ouvre plus la fenêtre lorsqu'on laissait ma mère dans son fauteuil. En racontant ce qui s'était passé avec l'abeille, je tremblais tellement qu'on a dû me prendre pour une folle.

Cette scène de cauchemar, je la revois comme si elle s'était passée hier. Je crois n'avoir jamais vu une telle angoisse dessinée dans les yeux de ma mère. On aurait dit de l'angoisse en relief.

*

Je venais souvent maintenant avant le repas du soir pour nourrir, j'allais dire « mon bébé ». Lapsus ? Pas véritablement car les rôles s'étaient complètement inversés. D'abord insensiblement. Puis de plus en plus vite. Ironie du sort, j'avais à une époque fortement désiré un bébé et n'en avais jamais eu. Et bien, je l'avais maintenant. Un vieux, un très vieux bébé. Avec pour tout avenir, un passé. C'est-à-dire le retour vers la matrice d'où il était venu. Le compte à rebours en quelque sorte.

Quand j'arrivais, je rencontrais très souvent une femme qui se tenait à côté de la porte de l'ascenseur. Aussitôt elle m'agrippait pour me raconter ses déboires. Je l'appelai la « miss catastrophe », à cause de ses innombrables séjours à l'hôpital dont elle se faisait une gloire. Comme un militaire de ses batailles.

Dès son enfance, elle était devenue une abonnée des hôpitaux. Elle les connaissait tous et parlait des médecins comme on parle des camarades de classe. Appendicite, fractures des jambes, de la cheville, bras cassé, côtes cassées, ablation de ceci, de cela, et j'en passe.

Appuyée sur ses deux cannes, un sourire désarmant aux lèvres, elle racontait, racontait. Et se marrait comme quelqu'un qui vous dit une bonne blague et, connaissant la chute, ne peut s'empêcher de rire avant la fin. Elle terminait toujours son récit par : « Et je les enterrerai tous, vous verrez, tous ! » Puis elle éclatait de rire.

« Et vous ne savez pas la dernière, celle qui fait que je suis ici ? Non, vous ne savez pas. Je vais vous raconter. En sortant de chez ma sœur où je passais une convalescence après une série à l'hôpital pour une tumeur au sein – secondaire, rien du tout, on m'a juste enlevé un morceau – , je glisse et me casse le col du fémur. Aussi sec, comme je vous le dis ! Mais je me remets, je me suis toujours remise de tout. Je les aurai bien eus, oui vraiment bien eus ! Ah ! Ah ! la vie est une immense farce, n'est-ce pas ! »

Son récit se terminait toujours par ce rire aussi facétieux qu'extravagant. « Bien, bien, bravo Madame ! finissais-je par lui dire, ne trouvant rien d'autre. Excusez-moi, il faut que j'aille voir ma mère. Bonne continuation... et faites attention, il y a du poisson pour le souper, de ne pas avaler une arête de travers ! »

Quel phénomène, cette « miss catastrophe » ! Un bouffon qui avait choisi de faire rire avec ses malheurs. Et ça marchait. En tout cas mieux qu'elle avec ses deux cannes.

*

La sonnerie du téléphone me réveilla brutalement. A demi-inconsciente encore, je pris d'un geste machinal le récepteur et grommelai mon nom tout en jetant un coup d'œil au réveil. Il était deux heures du matin ! Immédiatement ce fut l'angoisse et mon cœur s'affola. Mon Dieu ! ma mère !

A l'autre bout du fil, il y eut d'abord un moment de silence... puis le son d'une respiration étouffée entrecoupée de gémissements. Je criai dans le récepteur : « Maman ! c'est toi maman ? »...

Rien. Pas de réponse. Le bruit de la respiration augmenta d'intensité, avec des arrêts entre deux, comme celle de quelqu'un qui étouffe.

J'étais complètement oppressée et hypnotisée tout à la fois. Dans ma tête défilaient à toute vitesse les images de ma mère tombée à terre, blessée, mourante peut-être, et qui, dans un dernier effort surhumain avait pu composer mon numéro pour m'appeler au secours. Je criai à nouveau : « Maman, c'est toi maman ? »

Des halètements parvinrent à mon oreille. Puis des hoquètements. Puis des cris poussifs. Je ne pouvais rien dire tant l'angoisse me serrait la gorge. J'ai eu l'impression terrible que j'allais défaillir. Ma mère se mourait. Et moi, je l'écoutais mourir. Pantelante et hébétée.

La respiration devint de plus en plus bruyante et difficile. Elle s'accéléra. Han ! han ! han ! han ! Elle s'accéléra formidablement... Et tout se termina par un râle suivi d'un cri énorme. Un cri d'homme.

Ce n'est qu'à ce moment-là que j'ai compris que j'avais été la victime d'un maniaque, d'un maboul, d'un fou qui se masturbait et qui avait joui d'autant plus fort qu'il percevait mon angoisse.

Mes mains tremblaient tellement que je n'arrivai pas tout de suite à replacer le récepteur sur le socle. Je suis restée un long moment prostrée, avant d'éclater en sanglots.

*

Elle a de plus en plus de difficulté à parler. Elle bégaie. Elle cherche des mots qui ont l'air de refuser de sortir de sa gorge. Elle s'énerve. Elle pleure. Elle est tout à fait consciente de ce qui lui arrive. Elle en souffre.

Ses phrases sortent par à-coups. Après un moment de concentration intense. Des phrases très courtes. Où souvent les mots se mélangent. Où souvent les mots manquent. Ils manquent de plus en plus, les mots. Jour après jour les phrases se font plus courtes. Plus incompréhensibles.

– Tu... moi... boire... soif. Ai... soif... Mal... dos... Mal... Aide... moi... Aide...

Elle pleure. Elle pleure sans cesse. Elle ne parle presque plus. Sauf pour demander de l'aide. Elle implore le seigneur Jésus. Tout le temps, elle implore.

La femme de ménage qui vient nettoyer la chambre me dit en soupirant lorsqu'elle me voit : « Vous savez, je prie pour votre mère. Elle me fait tellement pitié. Je prie pour elle chaque soir. »

On ne la lève pratiquement plus. Elle ne tient plus assise ; elle s'affaisse au bout de quelques minutes.

Elle ne désire plus manger. On la prie un long moment de manger, comme on le ferait avec un petit enfant faisant des caprices. « Encore une cuillerée, une toute petite cuillérée, avale, avale maman. »

On ne lui sert plus que des purées. Toute sa nourriture est passée au mixer. Une purée où on ne reconnaît plus ce qui se trouve dans l'assiette.

Elle continue de maigrir. Elle fond. Elle n'a plus rien sur les os. Cependant le ventre est énorme. Tout rond comme un ballon de football. Dur et bien gonflé.

Elle est nourrie à l'aide d'une pipette. Tube gradué pour vérifier ce qu'elle avale et ce qu'elle boit. Il faut faire très attention de ne pas aller trop vite sinon elle s'étrangle. Elle fait un effort considérable pour avaler. Puis d'un geste de tête, elle fait signe qu'on peut continuer.

Elle ne veut plus manger. On la gave. Comme une oie. Lorsque je ne suis pas là, on la brusque pour qu'elle mange. J'ai vu. J'ai vu la grosse Catherine lui mettre de force la pipette dans la bouche et peser à l'autre bout, peser pour enfoncer la nourriture. Et ma mère avoir les yeux qui chavirent de peur. Devenir violette. Et ne plus dire que : « Non !... Non !... Non !... Parfois avec la tête car la bouche pleine de nourriture qui ne veut, qui ne peut pas passer.

Je viens maintenant à chaque repas du soir, pour que ça ne se reproduise plus. Mais que se passe-t-il à midi, quand je travaille ?...

Elle regarde continuellement la photo de son mari, un peu au-dessus du pied du lit. Elle la fixe. Le regard absent. Elle la fixe.

Elle ne peut plus parler. Elle prend son élan, les mots ont l'air de s'arrêter aux abords des lèvres. Ils ne sortent plus. De temps à autre cependant une phrase jaillit. Une longue phrase dont on ne reconnaît rien. Toutes les syllabes s'inversent, en plus des mots. Je le sais. Je l'ai remarqué en lui faisant répéter.

« Je ... la... son...mai... veut... tour... ner... L'Is... » Elle veut retourner à la maison de L'Isle.

Pour une phrase que je pouvais comprendre, dix autres parfaitement incompréhensibles. Du charabia.

« Elle ne sait plus ce qu'elle dit. C'est un cas de sénilité précoce incroyable », a dit le médecin. Disent les infirmières. Et dit aussi le chef-infirmier qui est revenu de son cours avec ses diplômes en poche et son inefficacité notoire. (Je dis cela parce que je ne le voyais jamais, disons plutôt : rarement.)

Sénilité. Le cerveau est atteint par la maladie. Sénilité. Le médecin l'a dit, lui qui ne la voit pratiquement plus ; je suppose que c'est inutile. C'est la fin. Il ne peut plus rien faire. Il laisse faire.

On lui donne des calmants. Pas assez. Souvent elle crie. Elle crie. Elle crie et elle gémit. Et elle pleure. Tout le temps. Je ne comprends pas pourquoi on ne lui donne pas de la morphine. Trop faible, m'a répondu l'infirmier-chef, et puis je ne crois pas qu'elle ait vraiment mal, ce sont ses médicaments et sa maladie qui font qu'elle gémit, c'est dans le cerveau, un réflexe, elle crie sans raison. Et lui, avait-il sa raison, l'infirmier-chef ?

Un soir qu'elle criait plus que d'habitude, j'ai couru chez le directeur, et lui ai demandé de venir avec moi. Je l'ai conduit dans la chambre de ma mère. Elle hurlait. J'ai soulevé les draps. Et il a vu son corps. Couvert de plaies. Le ventre bleu, gonflé et tendu à l'extrême. Il est devenu tout pâle. Il m'a dit : « Venez avec moi ! » Nous sommes descendus dans son bureau et il a appelé le médecin.

Il est arrivé un quart d'heure après. J'étais si... Je ne pouvais plus parler. Il a vu ma mère et a prescrit de la morphine, tout en m'avertissant que cela allait accélérer sa fin.

Quand on vient de lui faire sa piqûre, elle dort pendant quelques heures. Puis les cris recommencent.

J'ai demandé plus de morphine. On m'a répondu : Impossible, son cœur ne le supporterait pas, elle est trop faible. Ce serait de l'euthanasie passive et le médecin qui est chrétien est contre. Il est pour laisser faire la nature.

La nature de ma mère est forte. Son cœur tient le coup alors qu'elle ne mange plus, ou presque plus, depuis des semaines. Elle n'est pas vieille. Elle n'a que septante et un ans. Son cœur est solide. Elle n'a plus qu'un cœur. Un cœur qui résiste. Et qui va résister encore des jours et des jours. Plusieurs semaines.

Je rêve souvent que je la tue. Je la jette en bas de la fenêtre. Je lui plante un couteau de cuisine dans la poitrine. J'entends sans cesse dans mes oreilles, et dans mes tripes, ses appels à l'aide. « Aide-moi ! Tu es ma fille. Tu sais comment. Aide-moi ! »

Oui je sais comment. J'y pense de plus en plus souvent. J'en suis obsédée.

Elle ne dit plus un mot. J'ai vaincu mon dégoût de la toucher. Il ne nous reste plus que le toucher. Je lui fais les soins du visage. Avec du lait. De la crème. Je la masse longuement et très doucement. Sa peau est si desséchée et si fragile. Elle est toute grumeleuse. Et si je presse trop fort, elle reste au bout de mes doigts. Elle aime quand je la masse, parfois même elle esquisse une espèce de sourire. Son dernier, tout dernier mot, après un long massage de son front, de ses joues et de son cou, fut : « M...er...ci ».

Depuis elle n'a plus prononcé un mot. Plus un. Ce mot, je ne le méritais pas. J'aurais dû... j'aurais dû faire plus pour elle. Je n'en ai pas eu le courage.

*

Elle ne peut plus rien avaler. On lui a mis une sonde d'alimentation. Elle l'a arrachée. J'ai supplié qu'on ne la remette plus. On lui a mis une perfusion dans le bras pour l'hydrater. Elle l'a arrachée. On la lui a remise. Elle n'a plus bougé. Elle semble déjà loin. On m'a expliqué que cette perfusion était pour que son corps ait de l'eau. Et que sans cela, elle aurait des douleurs épouvantables, insupportables. Et qu'on le faisait à tous les mourants.

Son agonie a duré trois semaines.

Catia est venue pour ma leçon de piano. Elle m'a grondée. Elle a dit que je jouais sans vitalité, comme une morte. Je me suis levée et écroulée sur le divan en face de l'instrument. J'ai sangloté. Elle m'a prise dans ses bras. Elle était très troublée. Elle ne savait que dire. Finalement j'ai pu prononcer ces mots : « Comment puis-je avoir de la vitalité, ma mère est en train de mourir ? » Elle m'a demandé pardon. Elle ne savait pas. Les gens ne savaient pas. Je n'arrivais pas, je n'arrivais plus à en parler aux autres.

De nombreuses personnes me téléphonent pour me dire qu'elles pensent bien à ma mère et à moi. Elles me souhaitent du courage. Je dis merci et je boucle immédiatement. Au travail je suis très nerveuse, je crois que je vais arrêter pendant un temps. Non, je ne vais pas arrêter. Ça me force à vivre avec des vivants. A faire semblant.

Elle a de nouveau arraché sa perfusion, juste avant que j'arrive. Je l'ai regardée dormir. Elle gémissait même dans son sommeil. Subitement elle s'est réveillée et s'est mise à hurler. Son corps s'est mis en mouvements. D'abord lentement. Puis de plus en plus rapidement. Elle frappait en cadence le matelas avec une force venue d'ailleurs. J'ai couru au local des soignantes. La responsable a été chercher l'infirmière. Elle lui a fait une piqûre. Une aide-soignante est entrée et m'a dit : « Tenez, buvez cela, vous me semblez plus malade encore que votre mère. » J'ai bu machinalement. Au bout d'un moment mes tremblements nerveux incontrôlables ont cessé.

*

Depuis quelque temps déjà, j'avais fait venir de la documentation de l'AMD, l'association pour mourir dans la dignité, société nouvellement créée à Genève. Ils m'ont envoyé par retour du courrier un journal dans lequel il y avait un article du docteur Schwartzenberg résumant la conférence donnée à Nice lors d'un congrès de médecins sur le thème de la mort.

M'inspirant de cet article, j'ai écrit d'un seul jet une longue lettre au médecin de l'EMS. Je l'ai écrite un samedi soir et le dimanche matin j'allai la porter chez lui, à son domicile privé. Je n'ai pas osé sonner, je l'ai glissée dans sa boîte aux lettres. Une lettre folle, à laquelle il n'a jamais répondu. Je le menaçais fermement de tuer ma mère s'il ne faisait rien pour l'aider à mourir. Non, il ne m'a jamais répondu.

En début d'après-midi du même jour, l'infirmier-chef, qui d'habitude a congé le dimanche, est entré dans la chambre. Il a regardé ma mère gémir et a dit : « J'ai reçu un coup de fil du médecin, on va commencer à lui injecter de la morphine à haute dose, on ne lui remet pas sa perfusion. Courage, ce ne sera plus long. »

Il lui a fait sa piqûre, m'a serré la main en me souhaitant à nouveau du courage et m'a laissée seule avec la mourante. Jusqu'au soir. Un face-à-face pendant lequel le temps s'est totalement délité. Je l'écoutais lutter avec la mort. Elle avait une respiration difficile, entrecoupée de nombreux arrêts.

J'ai appelé mon frère de L'Isle et lui ai demandé de venir. Il est venu avec sa femme. Pendant trois nuits nous l'avons veillée. Mon frère venait le soir après le travail, avec sa femme. Il repartait tôt le matin pour soigner son bétail. On nous apportait une assiette de crudités vers vingt-deux heures. Nous avions une chaise longue et deux petits fauteuils. Nous ne nous parlions presque pas. De temps à autre, mon frère s'assoupissait. Pas longtemps. Il se réveillait en sursaut et regardait le lit.

Les aide-soignantes arrivaient à sept heures. Entre-temps, il y avait un long moment où j'étais seule avec la mourante. Je l'écoutais respirer. Le souffle était très irrégulier. Il s'arrêtait. Puis reprenait. J'ai réalisé que, pendant qu'elle ne respirait plus, je retenais aussi mon souffle, pour savoir. Elle avait les yeux grands ouverts et fixait le portrait de mon père.

Je ne peux rien dire de plus. Le face-à-face avec la mort. Une panique indicible.

Son cœur était solide. Elle a tenu trois jours. La dernière nuit, subitement son corps s'est remis à battre le matelas. En cadence. Il se cabrait. Ses soubresauts rythmés faisaient trembler le lit. Elle gémissait. Se secouait. Et se cabrait. Comme traversée par une crise d'épilepsie ou de tétanie. Affolés, nous avons sonné la veilleuse. Comme celle-ci ne venait pas, mon frère et moi sommes descendus la chercher.

Je craignais qu'elle ne meure en notre absence. L'ascenseur ne venait pas. En bas, la veilleuse, une jeune femme étrangère, hésita, elle ne voulait pas monter toute seule, elle n'avait pas le droit de faire une piqûre, a-t-elle dit.

Devant notre insistance et notre air totalement fou

de panique, elle est montée avec nous. A notre entrée, le lit bougeait et grinçait toujours.

La veilleuse a vu, elle est devenue toute pâle, elle a fait le signe de croix et a reculé jusqu'à la porte contre laquelle elle s'est appuyée. Puis elle est sortie en disant : « Je vais chercher l'infirmière-assistante. »

Elle n'est pas morte cette nuit-là. A sept heures, les soignantes sont arrivées. Elles m'ont renvoyée, disant qu'il fallait absolument que j'aille me reposer.

J'ai embrassé ma mère, elle avait fermé ses yeux et semblait dormir. Je suis partie. Mon frère aîné devait venir à huit heures. Derrière la porte se tenait Madame Schirder. Elle pleurait. Elle a pris ma main dans les siennes. Longuement. Sans rien dire.

J'ai avalé le calmant que l'infirmière m'avait donné et je me suis endormie. J'ai rêvé. Des amis m'avaient emmenée dans un bistrot qui ressemblait beaucoup au « Chien qui fume », situé dans les halles, à Paris. Il y avait un bal. Les gens s'amusaient, dansaient.

En haut j'entendais des rires. Et un orchestre qui jouait une musique gaie et entraînante. Puis tout à coup, la musique s'est mise à dérailler. L'orchestre jouait de plus en plus faux. Une musique complètement désarticulée. Une musique qui se désagrégeait, se décomposait. C'était horrible à entendre. Je suis montée à l'étage. Au moment où j'arrivai en haut de l'escalier, tout le monde s'est mis à rire plus fort en me regardant. Des rires sarcastiques, goguenards, malveillants. Et cette musique qui n'en était plus.

J'ai commencé à hurler. Je me suis retrouvée dans une cave. Une cave immense qui ressemblait à un théâtre. Il n'y avait aucun siège. Une longue pente en bois descendait jusqu'à la scène. Il n'y avait pas de scène non plus. Seulement des décors, tout en bas.

J'étais au haut de la pente avec ma mère. Elle s'est subitement mise à glisser le long de la pente, de plus en plus vite. J'ai voulu descendre à son secours et me suis mise à glisser à mon tour. J'ai vu ma mère s'enfoncer et disparaître dans les décors. Mes amis m'ont tendu la main et m'ont empêchée d'aller la chercher. Je me débattais. Je hurlais. Je hurlais.

Mes hurlements se sont confondus pendant un moment avec la sonnerie du téléphone. J'ai répondu. On m'a dit : « Votre mère vient de s'éteindre. »

C'était inutile. Je le savais déjà.

J'ai raccroché sans pouvoir dire un mot. Il était à peine neuf heures.

Je ne suis pas retournée la voir. Les décors désormais étaient en moi.

Enfin.

Cet ouvrage a été publié avec une aide du cercle des amis des éditions de l'Aire. L'éditeur les remercie.

Achevé d'imprimer,
avec les films fournis,
en décembre 1992
par IMPRIMERIE LIENHART
à Aubenas d'Ardèche

Dépôt légal décembre 1992
Nº d'imprimeur : 6027